カフェどんぐりで幸せ朝ごはん

栗栖ひよ子

目次

メニュー1　学校に行きたくない日の台湾おにぎり　7
メニュー2　疲れた朝のおくすりスープ　55
メニュー3　夜勤明けのごほうび朝ごはん　105
メニュー4　ぼくが作った父の日朝ごはん　159
メニュー5　旅に出たくなる朝食御膳　201
どんぐりの業務日誌　247

すべての幸せはゆったりとした朝食次第である。

All happiness depends on a leisurely breakfast.

メニュー1　学校に行きたくない日の台湾おにぎり

私は今日何回、『学校に行きたくないなあ』と考えただろう。まず、朝目が覚めて、スマホのアラームを止める前に一回。しぶしぶパジャマから制服に着替えたあと、一回。キッチンにいるお母さんに「食欲ないから、朝ごはんいらない」と言いながら、一回。それから、家を出るときと、電車に乗ったとき。

そして今——鎌倉《かまくら》駅で乗り換えて、学校に間に合う最後の江《え》ノ電《でん》を見送ったとき。全部で六回だ。

一般的な高校生として、これが多いのか少ないのかはわからないけれど、小学校・中学校と皆勤賞をもらっている私からすると、かなり重い数字だった。

みんながせかせかと電車に乗り込む中、足から根っこが生えたみたいにホームに立ち尽くしているのは、なかなかの罪悪感がある。

江ノ電で学校に通うのが夢で、家から遠い鎌倉の高校を受験させてもらった。地元の子たちに比べたら通学時間は長いけれど、まったく苦にならずに毎日うきうきで登校していたのに。大好きな鎌倉駅にいてこんなに心が弾まないなんて、入学してから半年で初めてだ。

どうしよう。今なら少し遅刻するだけだし、次の江ノ電に乗ったほうがいいに決まっている。先生にも親にも、怒られなくてすむ。でも、でも……。

足が動かなくて、次の電車にも乗れなかった。駅にいるのがいたたまれなくて、西口――八幡宮《はちまんぐう》や小町《こまち》通りがあるのとは反対のほうに出る。観光客で賑《にぎ》わっている時計台広場を抜け、人目を避けるようにして市役所方面に向かって歩きつづける。

サボりじゃないし。ちょっと胃が気持ち悪いから散歩してるだけ。具合がよくなったらちゃんと、登校するし。

心の中で言い訳しながら私は、先週から始まった学校でのトラブルを思い出していた。

きっかけは、アカリが想いを寄せている小林《こばやし》くんが、同じグループのあゆみに告白したことだった。

入学してすぐできた仲良しグループは、出席番号が近いという理由で集まったせいか共通点がなく、性格がバラバラだ。それゆえ、力関係がはっきりしている。

リーダー格なのが、中学時代はバレー部だったというアカリ。ウエーブのかかったボブヘアで、猫目の美人。みんなを引っ張ってくれるけど、口調はちょっとキツめだ。

みんなの聞き役なのがおとなしいあゆみ。吹奏楽部でフルートを吹いているというイメージそのままの、黒髪ロングが似合う控えめな女の子。気が弱くてあまり自己主張しないから、アカリがイライラすることもある。そして、そんなふたりのバランスをとっているのがショートカットでメガネのたまちゃん。バドミントン部を高校に入っても続けている。成績優秀で、性格はちょっとクール。最後に、にぎやかし要員の私。もと卓球部で、平均的で中庸な、クラスの中でも真ん中くらいの立ち位置だ（カーストとか立ち位置とか、そういう考え方自体、本当は好きじゃないんだけど、学校生活を平和に送るためには、意識せずにはいられないのだ）。

そんなメンバーだから、アカリかあゆみがグループから抜けるかも、というのは最初思った。入学してすぐはグループが流動的だったし、入れ替わりがあってもだれも責めたりしない。なのに半年もったから、意外と私たちって気が合っているのかも、このまま一年過ごせるのかもって感じていたところだったんだ。

でも、小林くんの行動で、あっけなく私たちの仲は壊れた。正直、『なにをしてくれたんだ、小林め』『せめて、告白したのがほかのグループの女子だったらよかったのに、なんでよりによってあゆみなんだ』となにも悪くない小林くんを恨んだ。ただ、あゆみが告白されただけだったら、アカリがかんかんに怒って、あゆみを無視する事態にはなっていなかっただろう。あゆみが、告白の返事を保留にしたのがまずかった。

アカリが小林くん、あゆみが吹奏楽部の先輩を好きで、ふたりはよくお互いに恋の相談をしていた。アカリはよく「早く告白しなよ。あゆみはかわいいんだからさ」とあゆみを励ましていたのだ。それはとても微笑ましい光景で、好きな人がいない私でも『一緒に恋バナしたいなあ』と思うくらいだった。だからなおさら——アカリにはショックが大きかったのだろう。

「なんで、その場で断らなかったの⁉ なんで、考えさせてなんて言ったの⁉」

アカリが、失恋の悲しみと友人への怒りがないまぜになった表情で、あゆみに詰め寄った。先週の放課後のことだ。教室にはまだ何人かの生徒が残っていて、みんな気まずそうな、しかし興味を隠しきれない様子でふたりをちらちらと見ていた。

「そ、そんな言い方してな……」

「でも、断らなかったんでしょ⁉」

アカリが、あゆみの言葉を遮る。

「そ、それは……」

あゆみは泣きだしそうな顔でうつむく。もっとも、泣きたい気持ちなのはアカリも一緒だろうけど。

「あたしが小林のこと好きなの知ってたのに、ひどくない⁉ あゆみの恋だって、応援してたのに！ あゆみがそんなタイプだと思わなかった！ 返事をあいまいにして、気を持たせたかったんでしょ⁉」

「ち、違う！」

それはさすがに、あゆみも否定する。

「じゃあ、なんで⁉」

「えっと……」

さらに追及すると、あゆみは黙り込んでしまった。

ああ、このパターンはダメだ。アカリのようなタイプがおとなしい子を強い口調で責めたら、相手は萎縮《いしゅく》して口を開けなくなる。しかし事態をはらはらと見守っている私もたまちゃんも、今ふたりにどのような言葉をかけていいのかわからなかった。

「……っ、もういい！」

アカリはどん、とあゆみの肩を押すと、スクールバッグを持ってバタバタと教室を出ていった。ちらっと見えた横顔は赤くて、目には涙が浮かんでいた。

残されたあゆみは、嗚咽《おえつ》しながらしゃがみこんだ。私とたまちゃんもそばに座って、「大丈夫？」「ハンカチ使う？」と声をかける。あゆみが落ち着いたころには、教室には夕陽が落ちて、野次馬もいなくなっていた。

「あゆみ、吹奏楽の先輩は、もう好きじゃないの？」

私がたずねると、あゆみは首を横にぶんぶんと振った。

ならば、あゆみには好きな人がいるのに、なにか事情があって告白の返事を保留にしたということだ。でも、返事をあいまいにして気を持たせる……というのは、あゆみの性格を考えると絶対にないだろう。

「とりあえず、アカリの誤解はすぐ解こう。ラインとかで」

ハンカチに顔をうずめるあゆみの背中を、そう言ってさする。たまちゃんも、私と目を合わせながら「うんうん」とうなずいた。

「今送れる？　事情はわからないけど、ちゃんと説明したほうがいいよ」

文字だったら、あゆみも言いたいことが言えるはずだ。

「うん」

あゆみは涙をぬぐって、真剣な顔でスマホを操作していた。震える指で送信ボタンを押して、そのままじっと画面を見つめていたが……。

「既読つかない……ブロックされてるのかな」

思わず、あちゃーとおでこに手を当てた。アカリの性格なら、激昂《げきこう》した勢いでブロック、というのはありそうだ。

「じゃ、明日《あした》朝イチで話そう。大丈夫？」

「うん」

不安そうながらも、しっかりうなずくあゆみ。ホッとして、この日は帰った。次の日になればアカリの怒りもおさまっているだろうし、あゆみが謝って仲直りだなと考えていた。

でも、それは甘かった。次の日、謝罪するあゆみを無視して、アカリは学校が終わるまで口をきかなかった。その翌日も、その次も、その週はずっと。

アカリがそんな様子なので、私たちも口数が少なくなり、次第にあゆみとはだれも会話をしなくなった。すると、あゆみは一緒にいづらくなったのか、教室移動のときも別行動で、お弁当もひとりで食べるようになった。

ほかのグループが気を遣ってあゆみに声をかけていたけれど、あゆみは断っていた。アカリへの義理なのだろうか。それとも、許してくれるのを待っているのだろうか。ひとりで黙々とお弁当を食べているあゆみの姿を思い出すと、胸が痛む。もう、よくある友達同士のケンカじゃなくて、いじめになってきているのでは、と感じた。その場合、あゆみを助けなかった私も加害者なのだろうか。

アカリは擁護できないけれど、かといってあゆみが告白の返事を保留にしたことも『よい』とは思えないから、どっちに肩入れもできず、流れに身をまかせている。

土日は家でずっと、う～んと頭を抱えながら寝っ転がっていた。たまちゃんに『どうしよう』とラインを送ったものの、『私たちは当事者じゃないから様子を見るしかないんじゃないかな』とドライな返事。

そうして迎えた週明けの今日、月曜日。悶々《もんもん》としていた私は結局、登校しないという選択で逃げた。

あゆみを無視して、加害者になるのは嫌。でも、アカリに意見して自分が仲間外れにされるのも怖かった。中立でいたいだけなのに、私はずるい。自分だけは安全なところにいようとして、友達が苦しんでいるのになにもできずにいる。

もう、発端の小林くんも、とっとと仲直りしてくれないアカリもあゆみも、無関心なたまちゃんも、すべてが嫌いになりそう。でも一番嫌いなのは、こんな自分自身だ。

「気持ち悪……」

胃がむかむかしてうっぷと込み上げてきたので足を止め、スクールバッグの中から水筒を取り出して飲む。顔を上げると、周りには見覚えのない景色が広がっていた。駅からけっこう歩いたみたいだ。

ひと息つくと、なにやら香ばしい匂いが鼻をくすぐる。おいしそうな、どこかでかいだことがあるような匂い。鼻をひくひくさせると、匂いはどうやら、店舗と店舗の間の細い道から漂ってくるようだった。その前まで行ってみる。

「猫の抜け道みたい……」

そこはちょっと、知らなければだれも入っていかなそうな小道だった。石造りの道の両端にはブロック塀が並び、ススキや低木が塀を覆うように生えている。道の先を覗《のぞ》くと、突き当たりには背の高い木々がこんもりと生い茂っていて、ちょっとした森のようだ。せわしなく車が行き交う大通りとは別世界というか、ファンタジーの世界みたい。

私は、道路の入口に置いてある看板を読んだ。

【カフェどんぐり　ご予算内であなただけの朝食お作りします】

「こんなところに、カフェがあるんだ……」

一見、お店なんてなさそうなのに。このおいしそうな匂いは、カフェから？　気になるけれど、制服姿の女子高生が入っていったら、学校はどうしたんだって思われるよね……。

香ばしい匂いは風に乗って、どんどん濃くなってくる。しかも、ふわ～っとした甘い匂いも。

ダメだ、気になる。この匂いの正体が、とっても気になる。

思い切って、道に入ってみようか。お店の前まで行くだけなら、店員さんとは会わないだろうし。

「匂いのもとを、たしかめるだけ……」

ゆっくりと抜け道を進んでいき、パチパチというかすかな音が聞こえてきたところには、私はいきなり、開けた場所に出ていた。

「わあ……っ」

そこは広々とした、ガーデンテラスのあるカフェだった。敷地には、カフェを取り囲むようにいろんな種類の木が生えていて、これが森みたいに見えたのだった。

カフェの建物は木を白く塗ってあり、扉と窓枠の部分は木そのままの色を活《い》かしてあるから、違和感なく自然となじんでいる。

テラス部分や店の前にも鉢植えの観葉植物が置かれ、テラスの梁《はり》には草の蔓《つる》が絡みついている。そして、もっと目立つのはカフェの横に生えている太い広葉樹だ。枝上には、大人ひとり入れそうなサイズのツリーハウスが設置され、はしごが伸びていた。

なんだか、店の前にいるだけでマイナスイオンを大量に浴びているみたいなカフェだ。ここが、カフェどんぐり？

「おはようございます」

カフェに見とれていたら、後ろから声をかけられ、びくっと肩が跳ねる。そろそろと振り返ると、白シャツの上に黒いエプロンをつけた男の人が、敷地のはじっこでにこにこと微笑んでいた。薄茶色のやわらかそうな髪の毛が、そよ風に揺れている。二十代半ばくらいだろうか、背が高いけれど威圧感がなく、ふわっとした優しい雰囲気だ。私はミーハーではないけれど、たまちゃんの好きな俳優さんにちょっと似てると思った。

ヤバい、店員さんかな？　見つかるつもりじゃなかったのに――。

「今日は朝から天気がよくて、たき火日和ですね」

「……へ？」

耳に届いたのは、おっとりした口調の、予想とは違うセリフ。

「……たき火？」

彼の足下では、パチパチと音をたてながら薪が燃えていた。そして彼が手に持っている長い棒には、なにかが刺さっている。

「栗と……マシュマロ？」

「はい。焼くとおいしいんですよ」

匂いの正体が意外なものだったので、私はなんだか力が抜けてしまった。

「ここって、カフェの敷地じゃあ……？」

「そうですよ。まだお客さんが来ないので、こうして相棒とたき火をしていたのです」

「相棒？」

「はい。この子です」

彼がトントン、とシャツのポケットを叩《たた》くと、中からチョロチョロッとリスが出てきた。店員さんの肩の上で、殻をむいてもらった焼き栗を器用に食べている。

「り、リス？」

　ここは鎌倉だから、山あいに行けばリスを見かけるのはそんなにめずらしいことじゃない。でもしっぽがくるんと丸まったこの子は、よくいるタイワンリスじゃなくてシマリスみたいだ。

　ツリーハウスのあるカフェと、ふわふわした店員さんと、シマリスと、焼き栗と焼きマシュマロ。私は童話かなにかの世界に来てしまったのだろうか。さっきまで、あんなに絶望的な気持ちで駅前を歩いていたのに。

「顔色がよくないですね。朝ごはん食べましたか？」

　気遣わしげにたずねられ、私はちょっと迷ったけれど、正直に首を横に振る。

「それじゃあお腹がすいたでしょう。どうぞ、なにか出すので入ってください」

「でも私、気持ちが悪くて……」

　断ろうとした途中で、ぐうう……とお腹が鳴る。大きい音だったので、思わず顔がカアッと赤くなる。

　もしかして——胃がむかむかしていたのって、朝ごはんを食べなかったせい？　健康優良児の私は、今まで朝食をとらずに家を出たことなんてなかったから。

　店員さんがそばに寄ってきたときに、シャツの胸元のネームプレートが見えた。『Ａｓａｈｉ』と書いてある。あさひさん。名字なのか名前なのかわからないが、朝ごはんを出すカフェにはぴったりすぎる名前だ。

「中にどうぞ」

あさひさんは笑顔を崩さず、カフェのドアを開けてくれた。お腹の音は聞こえていたと思うけど、知らないふりをしてくれたのがありがたい。

だから、というわけじゃないけれど、もうとっくに学校の始まっている時間にカフェをうろついていた制服姿の私に、事情も聞かず丁寧な態度で接してくれたあさひさんのことを、私は信用しはじめていた。この人の作る朝ごはんを、私は食べてみたい。

ただ、心配なのがお値段だ。お財布の中身、足りるかなとちょっと不安になる。

入店するとき、ドア横の黒板が目に入った。モーニングタイムと、ランチタイムの時間が記してある。その下に、『朝食のみ、おまかせでお作りします』という文面と、オーソドックスなイングリッシュブレックファストの絵、予算だいたい八百円から、というのも書いてあった。よかった、オシャレなカフェと言っても、学生に手の出ない値段ではないみたい。

ドアを押さえてくれるあさひさんに頭を下げ、カフェどんぐりに足を踏み入れる。

淡い色味の木のテーブルと椅子、それより濃い茶色のインテリア。壁紙は貼っておらず、木目をそのまま活かしている。そして、真ん中に置かれた大きいテーブルからは、天井まで届きそうな細い木がにゅっと生えていた。驚いたが、近くで見たら、穴を開けたテーブルを観葉植物の鉢の上に設置しているだけだった。

室内なのに、まだ自然の中にいるみたいに落ち着く。

どこに座るか迷ったけれど、あさひさんがカウンターの内側に入ったので、私もカウンター席に腰を落ち着ける。

「この子は、ケージに入れますね」

あさひさんがそう言って、カウンターの隅にあるケージにリスを入れようとしたので、「あ」と声をあげる。彼は、首をかしげて私を見た。

「あ、えっと、そのままで大丈夫です。小動物、好きなので」

「ありがとうございます。それじゃ、お言葉に甘えて」

彼がリスになにかをつぶやくと、リスはすたっとカウンターの上に着地した。一度、私の目の前まで挨拶《あいさつ》に来たあと、はじっこをうろうろしている。

「わ、すごい。おりこう……」

私がリスの観察に夢中になっている間に、目の前にはお冷やとおしぼりが置かれていた。グラスを取ると、紙製の丸いコースターになにやら書いてある。

【早安（Zao an）】

「ざお……あん？」

不思議な響きのそれを、口に出してみる。すると、あさひさんが答えをくれた。

「台湾語の朝の挨拶です」

「へえ……」

そういえば最初も、『いらっしゃいませ』じゃなくて『おはようございます』と言われた。細かいところまで凝っている。

あさひさんは、「さて」とエプロンを整えて、店主らしい表情になった。

「朝ごはんはメニューがなく、おまかせで作らせていただいています。食べたいものや苦手なもの、希望のご予算はありますか？」

「えーっと、八百……。いや、千円くらいで」

いくらなんでも、予算の最低額というのは貧乏くさいだろうかと考えて見栄を張ったのだが、あさひさんは、

「八百円でも、大丈夫ですよ。お好みは？」

と、お安いほうの値段で請け負ってくれた。

私は、うーんと頭を悩ませる。カフェのモーニングと言われても、サンドイッチやトーストしか思い浮かばない。それに、そういうものならふだんから食べている。なにか、めずらしいものが食べたいな。たとえば……。

「友達との話のネタになるような……」

ぽつりとつぶやいたあと、思い直す。グループがなくなっちゃうかもしれないのに、

なんでこんなこと考えているんだろ。

「いえ、ひとりで食べてもわくわくするような朝ごはんが食べたいです。……こんな注文でも、大丈夫ですか？」

「もちろんです」

あさひさんは微笑み、しっかりうなずく。

「ほかになにかありますか？　質問でもいいですよ」

「いや、特に……」

首を横に振ろうとして、止まる。質問というか、大人に聞いてみたいことならあった。

「あの……あさひさんは、学校をサボっ……いや、寝坊とか、体調不良以外で遅刻したこと、ありますか？」

手のひらをぎゅっと握りしめ、こわばった表情でたずねると、あさひさんはぽかんとした顔をしていた。

「すみません。質問ってこういうことじゃないですよね」

料理に対しての質問という意味だろうに、私はなにを聞いているんだ。しかも、自分でサボりですと宣言しているようなものじゃないか。いや、ここにいる時点でそれはバレバレだけども。

「ありますよ」

顔を熱くする私を尻目《しりめ》に、さらっと告白するあさひさん。

「えっ」

「学生時代、どうしてもファストフードのモーニングが食べたくて、遅刻した経験が何度もあります」

「へっ？」

今度は、私がぽかんとする番だ。

「土日に行けばいいじゃないかと思われそうですが、僕はその日、その時間に食べたかったんです。ソーセージマフィンや、シロップがしみしみになった薄いパンケーキを」

あさひさんの言っていることは、なんとなくわかる気がした。急にすごく食べたくなったものって、数時間後には変わっていたりする。しかし、真面目そうな雰囲気のあさひさんが、遅刻常習犯だなんて意外だった。それだけ、朝食に対するこだわりが強いのだろうか。

「たまには遅刻するのもいいですよね。その時間、モーニングを食べながら、僕は学校ではできない体験をしていたんです」

そう話し、あさひさんはカウンター奥の厨房《ちゅうぼう》らしき場所に消えていった。

「ふう……」

完全にその姿が見えなくなったあと、深く息を吐く。ひとりでカフェに入り店員さんとおしゃべりするという体験に緊張していたらしく、喉《のど》がカラカラだった。ファストフード店やショッピングモール内のカフェなんかはひとりでも入れるけれど、注文をカウンターで受け取るタイプで、店員さんと話す暇なんてない。

水をごくごくと飲んでから、スマホを見る。もう一限目はとっくに始まっている時間だった。たまちゃんから、『遙《はるか》、今日休み？　風邪？』とラインにメッセージが来ている。アカリとあゆみからは、『大丈夫？』というスタンプ。私はそれらに適当なスタンプで返事をし、スマホをポケットにしまった。

今、みんなは教室で英語の授業を受けているんだ。英語の先生の流暢《りゅうちょう》な発音や、みんなが教科書を音読する光景を思い浮かべる。教室の空気も温度も、こんなにくっきりと想像できるのに、今私だけがここにいるのって変な感じ。これだけで大冒険なんだから、食べるメニューだって思い切り冒険してみよう、と思ったのだ。

私はアカリみたいになんでもはっきり言えるわけじゃないし、あゆみみたいにおしとやかでも、たまちゃんみたいに部活で活躍しているわけでもない。得意ななにかもない平凡な自分だって、みんなとは違う体験ができるんだって自信を持ちたかった。

スマホも見ず、黙って待っていることに最初はそわそわしていたけれど、次第に落ち着いてきた。

こんなふうにぼうっとしながら、リスを眺めているのっていいなあ。最近はみんなタイパ……タイムパフォーマンスを気にして生きていて、ちょっとの空き時間でもスマホを見てしまう。でも、こういうなにもしない時間だって必要なんだな。だから大人はカフェに行くのかもしれない。

「お待たせしました」

気づいたら、あさひさんがお皿の載ったお盆を持って、カウンターの前に立っていた。

「台湾の朝食プレートと、台湾烏龍茶《ウーロンちゃ》です」

「わあ……！」

テーブルの上に置かれた華やかな三品を見て、私は歓声をあげた。

どんぶりに入っているのは、具が載った白いスープ。ふたつのプレートにはそれぞれ、卵焼きっぽいおかずと、俵型のやたら大きいおにぎり。

「こちらは、鹹豆漿《シエンドウジャン》という豆乳のスープです。上には、油条《ユウティアオ》という揚げパンと桜えび、青ネギを載せています。そしてこちらが、台湾の卵焼きの蛋餅《ダンピン》、最後に、もち米で握ったおにぎりの飯団《ファントワン》です」

「へえ～……」

汁物・おにぎり・卵焼きという組み合わせは日本っぽいのに、ビジュアルは全然違うのが面白い。

「いただきます」

私は、どんぶりに入った豆乳のスープから口をつける。豆乳を飲み慣れていないので、どんな味がするかドキドキしたが、意外と食べやすかった。あっさりしたミルクスープという感じだ。

「あっ、お豆腐だ」

スープの中には、やわらかめのお豆腐がたくさん入っていた。レンゲで崩してスープと一緒に食べると、優しくてホッとする味になる。

「それはお豆腐ではなく、豆乳が酢で固まったものなんです」

「えっ、そうなんですか？」

たしかに、牛乳にもお酢を入れると固まる。でも、ただの化学反応だと思っていたから、それをスープにするという発想がすごい。

蛋餅は、もちもちした生地と薄焼き卵が一緒に巻かれていて、中にネギが入っていた。はちみつ入りの甘いタレにつけて食べるのだが、そうすると絶妙に甘じょっぱくて、お箸《はし》が止まらなくなる。

「今日はネギにしてみましたが、チーズやハムが入っているのもあるんですよ」

とあさひさんが教えてくれた。

そして、飯団をふたつに割った私は驚いて声をあげる。

「えっ。中に、揚げパンが入ってる！　ほかにもたくさん……！」

「揚げパンはスープに載っていたものと同じ油条で、ほかにお肉のでんぶと切り干し大根、からし菜の漬物が入っています」

具がたっぷりだから、お米と具の割合が一対一くらいのボリューミーさだ。いや、具のほうが多いかも。

「日本のおにぎりは具が一種類なので、最初はびっくりしますよね。でも、台湾では具だくさんおにぎりが普通なんですよ」

なんてよくばりなおにぎりなんだろう。日本のおにぎりの場合、梅とおかかの両方が食べたければ、おにぎりをふたつ買う。でも台湾では、大きいおにぎりひとつに、食べたい具を全部入れるんだ。

大きく口を開けて飯団を頬張ると、それぞれの食感と味が一度に襲ってくる。とても賑《にぎ》やかな味なのに、もち米がひとつにまとめている。

「たしかにこれは、ひとりで食べてもわくわくしますね」

「そして、だれかに話したくなるような朝ごはんでもあるでしょう？」

あさひさんがいたずらっぽく笑い、ハッとする。最初に言いかけた私の注文も、両方かなえてくれたんだ。

面白くて、めずらしくて、どの料理も手を休めずに食べてしまう。台湾烏龍茶を飲んでひと息ついたころにはほとんど完食し、私のお腹はぱんぱんになっていた。

「台湾では独自の食文化があって、三食とも外食するのが一般的なんですよ。特に朝は、屋台も多いですね」

あさひさんが、台湾のうんちくを教えてくれる。

「へえ～」

日本で同じことをしたら食費が大変になりそうだけど、きっとお値段が安いんだろう。ちょっとうらやましいというか、一度経験してみたいかも。

「家族で屋台に行って食べるんですか？」

自分の家の食卓を思い浮かべて質問したのだが、あさひさんは「いえ」と首を横に振った。

「僕も台湾を旅行したことがあるのですが、ひとりでさっと食べて帰る人が多かったですね」

「えっ、ひとりで……」

ここみたいな隠れ家カフェじゃなくて、屋台みたいな開けた場所で、いろんな人に見られながら、ひとりきり……。私は、ひとりでお弁当を食べるあゆみの寂しそうな背中を思い出していた。

「ひとりで食べるのって、嫌じゃないんですか……？　寂しくないのかなとか、一緒に食べる人がいないのかな、とか思われたりしませんか」

暗い気持ちになりながら、本音を吐き出す。

「うーん……。たしかに、孤食が苦手な人はいると思いますが」

あさひさんは、そう前置きしたあと、意外な答えを返した。

「自分の場合は、ひとりで外食できるようになったときがうれしかったですね。自由に思いをめぐらせながらひとりで食べるのって、自立していてかっこいいじゃないですか」

「自立していて、かっこいい……」

口の中で小さくつぶやく。その発想は、自分にはなかった。

「朝食を家族と別でとる文化ってけっこうあって、アメリカでも、シリアルやベーグルを、各々時間があるときに食べるんですよ」

「あっ……たしかに、アメリカの映画で見たことがあります」

子どもが自分でシリアルに牛乳を注いだり、トーストにジャムを塗ったりしていた。

私は小学生のうちは母にパンを焼いてもらっていたので、それを見て恥ずかしくなって、翌日から「自分でやる！」と宣言したのだ。ただ、パンをオーブントースターに入れるだけだけど、それでもちょっと自立したような気分にはなったっけ。

「もともと子どものころから、大人が立ち食いそばやラーメンの屋台でひとりで食べているのに憧《あこが》れていたというのもありますが。あれが社会人のかっこよさの象徴に思えて」

少し照れたような口調で、そう続けるあさひさん。言われてみれば、よく見る光景だ。

私はどうして、ひとりでごはんを食べることが恥ずかしい、なんて思っていたんだろう。クラスでだって、女子はグループで食べるけれど、男子は席でひとりでお弁当を食べている子もいる。親しい友人がいないわけじゃなくて、休み時間はほかの男子と話していたりもするので、自分の選択なんだ。

「そうか……無理にだれかに合わせて一緒にいなくてもいいんだ」

私はいつの間にか、ものの見方が狭くなっていたみたいだ。学校や友達やグループに縛られて、それはどんどん小さく縮こまっていく。目の前にあるものだけが正解だと思い込む。考え方はもっと自由でいいんだ。おにぎりに揚《あ》げ餅を入れたっていいんだから。

「なんかちょっと、気持ちが軽くなりました」

鼻から深く、息を吸い込む。さっきまでより、楽に呼吸ができる気がする。

「それはよかったです。僕はただ、朝食の文化をお話ししただけですが」

微笑み、空になったお皿を片付けるあさひさんは、自分はただの店員で、カウンセラーなんかじゃないよと言っているみたいだった。だったら私も、自分で気づけてえらいねって思ってもいい気がした。

「ごちそうさまでした」

席を立って、お会計をする。豪華なプレートだったのに、ほんとに八百円だった。

「また、朝ごはんを食べにきます。今度は学校がお休みの日に」

お財布にお釣りをしまってから、あさひさんを見上げる。リスはまた肩の上に乗っていた。

「はい、お待ちしています」

お小遣いをためて、今度はもう少し予算のあるおまかせ朝ごはんを食べるのだ。そのために、アルバイトを始めるのもいいかもしれない。

あさひさんは、入口まで見送ってくれたあと、さわやかな笑顔でおじぎをした。

「いってらっしゃいませ」

「……いってきます!」

最後の挨拶《あいさつ》も、『ありがとうございました』じゃなかった。私がこれから登校するかどうかはあさひさんにはわからないのに、なんだか背中を押してもらった気分だ。

「急げば、二限目には間に合うかな」

早足で駅へと戻る。あれ？　この道ってこんなに賑やかだっけ？　通り過ぎる車から聞こえてくるカーステレオの音や、すれ違う人たちの笑い声に気づく。

来たときと同じ、市役所前の通りなのに、景色も音も違って見える。アスファルトに、紫色の花が咲いていた。通り沿いのコーヒーショップから香ばしい匂いがした。ひとつひとつの発見が、うれしい。今の私は、季節の移ろいだって感じられる余裕がある。

「よし、やるぞ～！」

私はひとつの覚悟を決めて、握りこぶしを作る。秋の日差しが暖かかった。

一限目の休み時間に教室に入ると、アカリとたまちゃんが寄ってきた。

「遥～！　休みかと思ったよ～！」

「体調、大丈夫なの？」

アカリはいつもと変わらず明るい調子で、たまちゃんはクールを装っているけれど、ホッとした様子だった。私が休みだったら、ひとりでアカリの機嫌を取りつつあゆみを無視しなければいけないからだろう。

「いや、ちょっと寝坊しちゃって……」

走ってきて、髪の毛がボサボサだったから、ふたりは「ああ～」と納得してくれた。

「だから返事のスタンプが適当だったんだ」

「焦ってたんだね」

「ごめんってば」

前のほうの席をちらっと見たら、振り返ったあゆみと目が合う。私が軽く手を振ると、あゆみはあいまいに微笑んで前を向いた。アカリはなにも言わなかったけれど、ムッとした顔になっていた。

「あ～やっと昼休みだ～！　お弁当食べよ～」

午前中の授業が終わると、アカリは教科書をしまいながら私たちに声をかける。いつもだったら、ここでみんなの机をくっつけて、お弁当になるのだけど……。

「今日は私、ひとりで食べるから」

私はアカリの目の前まで行って、そう宣言した。

「え？　なんで？」

「委員会の集まりとか、あったっけ？」

見下ろすアカリはきょとんとした顔をして、脇から質問をかぶせてきたたまちゃんは、少し焦っていた。

「そんなんじゃないよ。どっちの肩を持つのも、嫌になっただけ。私、そういうの、向いていないみたい」

「は？　意味わかんないんだけど」

アカリはキレイに描かれた眉《まゆ》を思いっきり吊《つ》り上げた。その迫力にちょっとひるむけど、負けるわけにはいかない。

「わかんなくてもいいよ」

私は自分の席に戻り、お弁当を机の上に出す。アカリは私をじっと見ていたけれど、何事もなかったかのように机をくっつけて、たまちゃんと食べはじめた。あゆみは一瞬だけこっちを見て、驚いた顔をしていた。

心臓はまだドキドキしているけど、なんだか晴れやかな気分だ。お弁当の包みを開けると、お弁当箱の上にゼリー飲料が載っている。

「あれっ……？」

一緒にお母さんの字のメモが入っていて、『もし気持ちが悪いようだったら、ゼリーだけでも食べてね』と書いてあった。

私が朝ごはんを食べなかったから、お母さんが心配して、入れてくれたんだ。なんだか胸がじーんとして、まぶたが熱くなってきた。

ゼリーは、食後のデザートにいただこう。まずは、お弁当からだ。

「いただきます」

ひとりでもちゃんと手を合わせて、フォークを握る。卵焼きは、私の好きな甘いやつ。アスパラの肉巻きと、プチトマト、キャロットラペ。ご飯の上には、ふりかけがかかっている。冷凍食品のないお弁当を見て、私は毎日、お母さんに『ごちそうさま』を言ってたかな、と思い返した。毎日は、言っていない。ただ黙って、使ったお弁当箱をシンクに置いておくこともある。

キャロットラペは、昨日の日曜日、お母さんが一週間ぶん作り置きして、小分けにして冷凍していた。卵焼きと肉巻きは、忙しい朝にわざわざ作ってくれている。私はもっと、親にちゃんと感謝しないといけない。お母さんが作ったもので、私の体はできているのだから。

「……ほんとだ」

あさひさんの言った通りだ。ひとりで食べているから、ふだんは考えないようなことまで、思いをめぐらせられている。それに、おしゃべりに熱中しているときよりも、それぞれのおかずの味を味わえている。

なんだ、全然みじめじゃないや。怖がっていたのが、バカみたいだ。

あゆみは、どんなことを考えながら食べているのかな。

キレイな姿勢で食事しているあゆみも、私と同じだったらいい。寂しさじゃなく、ちゃんと『おいしい』を感じられていますように、と願った。

それから放課後まで、アカリはだれとも口をきかず、さっさと帰ってしまった。たまちゃんは、なにかを考えている様子で部活に行った。そしてあゆみは――。

「あの……遙ちゃん。ちょっとお話、いいかな」

神妙な顔で、リュックの肩紐《かたひも》を両手で握ったあゆみが、廊下で私に声をかけてきた。

「うん。私も、あゆみに話したいこと、あったし」

なんとなく、今日あゆみが話しかけてくる気がして、わざとゆっくり帰りの支度をしたのだ。

「場所どうしようか。学校じゃないほうが、いいよね」

「うん……」

学校近くのファストフード店とか、コーヒーショップは、ダメだ。絶対うちの学校の生徒と会うし、会話も聞かれやすい。クラスメイトとばったり会いでもしたら、おそらくあゆみは気にして話どころじゃないだろう。

「じゃあ、小町通り行こ！　タピオカミルクティー飲みたい！」

小町通りだったら、いつも人でごった返しているから、知り合いがいてもこちらを気にする余裕もないだろう。人に聞かれたくない会話は、逆に人混みのほうがよいのだ。

「う、うん」

あゆみは、私の少し後ろをついてきた。電車でも、隣には座ったけれども話はしなかった。隣からあゆみの体温を感じながら、沈黙が気になってむずむずする。話しかけたいけれど、よけいなことを言ってしまいそうで黙っていた。

鎌倉駅で江ノ電を下りて、八幡宮方面に少し歩けばもう小町通りだ。そんなに広くはない通りの両脇に、お土産物屋や飲食店がずらりと並んでいる。食べ歩きにもってこいだ。学生のグループもいるけれど、それらのほとんどが修学旅行の学生だ。地元の学生よりも、観光客のほうが多いのだ。

鎌倉の女子高生はみんな、小町通りで放課後遊んでいると思うかもしれないが、そんなことはない。私も入学当初は、食べ歩きやお店の開拓に夢中になっていたが、すぐにお財布の中身がすっからかんになり、体重も増えた。なのでそれ以来、だれかに誘われたときか、特別な用事のときだけ来るようにしている。

タピオカミルクティーを買ったあと、ひと串《くし》ずつ売っているお団子も買い、そのへんのベンチに座った。

「はちみつレモン餡《あん》のお団子、おいし～！　あゆみのさくら餡も、おいしそうだね」

甘いものをお腹に入れると、さっきまでの気まずい気持ちはなくなっていた。

「あ、うん。……よかったら、食べる？」

「いいの？　じゃあ、ひとつずつ交換して味見しようか」

串に刺さった四つのお団子のうち、ひとつを交換して食べる。

「こっちもおいしいね」

「うん」

四人のグループで遊んだことはあるけれど、あゆみとふたりきりで遊ぶのは初めてなので、こういうやりとりもなんだか新鮮だ。小食なのかなと勝手に思っていたあゆみが、タピオカミルクティーの大きいサイズを注文し、お団子も「食べたい！」と一緒に買ってくれた。甘いものが好きなことさえ、知らなかった。学校で毎日一緒にいたのに、あゆみには話を聞いてもらうばかりだった。

「なんか、まったりするね」

まだ、夕暮れには早い。午後の日差しがぽかぽかで、秋風も心地よくて、からっぽの串を持ったまま、人の波を見つめてぼうっとする。

「今日、ありがとう、お弁当のとき。うれしかった」

あゆみも、同じように前を見たまま、ぽつりとつぶやいた。

「うん。……でも、あゆみのためにしたわけじゃないよ。私は自分が中立でいたいから、自分のためにひとりになったんだ」

本当にあゆみに優しくしたいなら、あゆみの席に行って一緒にお弁当を食べていただろう。でもそれはできないから、自分もあゆみと同じ状況に身を置いた。ふたりの仲が解決するまで、それは続けるつもりだ。それで〝中立〟という立場を主張できるのかどうかわからないけれど、少なくともあゆみには伝わったみたいだ。

「わかってる。でも、だからうれしかったんだ」

「……うん」

長い沈黙。私が、串を捨てに行こうと腰を持ち上げかけたとき、あゆみが口を開いた。

「遙ちゃんは、どうして小林くんの告白を保留にしたのか、聞かないんだね」

「ああ……うん。正直すごく気になってたけど……ラインで自分だけこっそり聞くのは、なんか違うし……」

「それだけじゃなくて。今日も、私から話しだすの、待っててくれてるでしょ」

「だって、あゆみのタイミングがあるだろうから」

だから、小町通りを選んだというのもある。お茶しながらだったら、あゆみが話しだすまで時間がかかっても、間が持つと思ったから。

あゆみは「ありがとう」と、落ち着いた声で言った。話す覚悟は決まったみたいだ。

「今ならちゃんと話せる気がする。あのね……」

あゆみが語った事の顚末《てんまつ》とは、こうだった。

先週の放課後、あゆみが昇降口を出ようとしたとき、小林くんに呼び止められた。

「話があるから、どこか目立たないところで」と告げられ、だったら……と柔剣道場のほうに行った。あゆみは相手の用事に察しがつき、人目につくところだと自分も恥ずかしかったからだ。しかし、そこも無人ではなく、柔道部や剣道部の人たちが、部活のために渡り廊下を歩いていたらしい。

やっぱり違う場所に……と申し出ようとするあゆみをよそに、直情型の小林くんは、人目を気にせず話しはじめた。照れながら、

「実は夏の、野球応援のときから気になってて……付き合ってほしいんだ」

とストレートに告げる小林くん。私は知らなかったが、野球部らしい。うちの学校の野球部は弱いので、全校生徒で甲子園予選の応援に行くことはなかったが、あゆみの所属する吹奏楽部だけは、応援歌を演奏するために出向いたそうだ。そこで小林くんは、暑い中汗を流しながらフルートを吹く、あゆみに惚《ほ》れたのだ。

「フルートってね、音が小さい楽器だから……。野球応援みたいな、屋外での演奏だと目立たないんだ。だから、見ててくれた人がいるんだってうれしかった」

あゆみがそう、説明してくれる。小林くんのことは嫌いではなかったので、好意自体はうれしい。でも、恋愛感情はないので断ろうとする。しかし、そこでハッと思い出すのはアカリのこと。小林くんはアカリの思い人だ。あゆみは恐れた。もし自分が

うまい言葉で断れなかったら、『あんたなんかが小林を振って、恥をかかせるなんて！』と怒られるのではないか――と。

しかも、周りには人がいる。それがプレッシャーで、あゆみは「えっと、えっと」としどろもどろになってしまった。それを小林くんは、『OKするかどうかを迷っているんだ』と都合のよい方向にとらえる。

「返事は急がなくていいから！　ゆっくり考えて！」

と言い残し、去ってしまう。残されたのは、困惑したままのあゆみ。

「でもそのときは、明日《あした》学校で会ったときに断ればいいやって思ってたんだけど……」

次の日の朝には、もうクラスで噂が広まっていた。うちのクラスの剣道部員が、悪気なく周りに話してしまったのだとか。そこから先は、私も知っている通りだ。放課後、アカリがあゆみを問い詰めて――。

「私がちゃんと、告白は断るつもりだってことを、アカリちゃんに説明したらよかったんだけど。アカリちゃんのプライドを傷つけるんじゃないかとか、よけいなことを気にしちゃったのと、怒ってるアカリちゃんを前にしたら、言葉がうまく出てこなくて……」

「そうだよね、わかるよ」

ただでさえキッいアカリにすごまれたら、私だってひるんでしまう。今日のお昼は、そうとう勇気を出したのだ。

「そのあとも、謝ろうとしたんだけど……」

「うん。ダメだったんだよね」

ラインはブロックされたし、学校で話しかけても無視される。

「じゃあ、アカリちゃんの怒りがおさまるまで待とうって。ひとりになっても、自分が我慢すればいいから……。こんなに長くなるとは、思わなかったけど」

「そういうことだったんだ……」

今までのあゆみの行動の理由がわかって、すっきりした。でも、それと同時に、ちょっと怒ってもいた。

「あゆみは、これからもアカリが許すまで待つつもりなの？」

「うん……だって、私のせいだから」

あゆみはうつむいて、タピオカミルクティーを持つ手に力を入れた。

「それは違うよ、あゆみ」

私は、首を横に振る。言い切った私に、あゆみは「え……」と目を見開いていた。

これから話すのは、私が今日気づけたこと。そして、あゆみにどうしても伝えたかったことだ。

真剣に話そうとすると、いつもより声が低くなる。

「我慢してひとりでいるっていうのは、優しさじゃないよ。それは、あゆみを被害者にすると同時に、アカリをいじめの〝加害者〟にしてしまっているんだよ」

「あ……っ」

あゆみは、口元を押さえる。

「私は、アカリともあゆみとも友達だから、ふたりを加害者にも、被害者にもしたくない。ちゃんと本人に事情を説明するべきだよ。無視されて聞いてくれないっていうなら、私がアカリを引き留めるから」

「遙ちゃん……」

しばらく、私たちは真剣に見つめ合った。あゆみの目は、涙をたくわえたように揺らめいていた。私ももしかしたら、泣きそうな顔をしていたかもしれない。

そしてあゆみは、ゆっくりとまばたきしたあと、うなずいた。

「わかった。私、アカリちゃんにちゃんと話す。自分の言葉で全部、まっすぐに伝えてみる」

「あゆみ……！」

思わず、あゆみに抱きつく。

「ありがとう、遙ちゃん」

「うん」

あゆみも私の背中をぎゅっと抱きしめる。離れると、なんだか照れくさくてお互い笑ってしまった。あゆみの笑顔を見たのは、何日ぶりだろう。

なごやかな空気が流れるけれど、私が伝えたいことは、もうひとつあるのだ。

「でね、あゆみ……」

姿勢を正して伝える私に、あゆみは「うん？」と顔を向ける。この先の言葉は、本当は言いたくなかった。

「それでふたりの誤解が解けたら、さ。これからもアカリと付き合うのがつらかったら、ほかのグループと仲良くしてもいいんだよ」

「えっ」

思った通り、ショックな声を出すあゆみ。私は慌てて否定する。

「えっと、あゆみにいてほしくないわけじゃなくて！　そりゃあ四人に戻れたら一番いいけど、苦手な子がいるのに、私たちに気を遣わなくてもいいんだからね」

ほかのグループから誘われても断っているあゆみを見て、思ったこと。クラスには、同じ吹奏楽部の子だっている。あゆみと仲良くしたい子も多いだろう。ほかのグループで、だれにも気を遣わず楽しく過ごせるなら、そちらのほうが幸せだ。私たちに引き留める権利はない。

「苦手な子って、アカリちゃんのことだよね？」

「うん、そうだけど……」

「うーん。実はね、私、アカリちゃんのこと苦手じゃないっていうか、けっこう好きなんだよね」

「えっ、そうなの⁉」

びっくりして、身体が動く。まだ半分以上入っているタピオカミルクティーが制服のスカートにこぼれそうになり、とっさに手で押さえた。

「大丈夫？」

「う、うん。ギリギリセーフ」

ハンカチで手を拭《ふ》く私を待ってから、あゆみは続きを話してくれる。

「うち、妹がいるんだけど、私よりもしっかりしててね。口はキツいんだけど、いろいろ世話をやいてくれて、ツンデレで……。アカリちゃんにちょっと似てるんだ」

「そうだったんだ……」

そういえばアカリも、告白を保留にしたことには怒っていたけれど、あゆみ自身の悪口は言っていない。というか、アカリ自体口はキツいけれど、人の陰口や噂話はしない子だ。するなら、堂々と本人に言うだろう。

それがなかったということは、アカリもあゆみを気に入っているのでは……？

なんだ……。私が勝手に、ふたりは性格が合わないって思ってただけで、本当はちゃんと、うまくいってたんだ。

「私、やっぱり、全然周りが見えていなかったんだなあ……」

はあ～っとため息をつく。今日だけでちょっと大人になれた気がしたんだけど、まだまだだった。

「そんなの、私もおんなじだよ。遙ちゃんに言われて、ハッとしたもの」

そう告げるあゆみの笑顔は優しくて、落ちてきた夕陽に照らされてまぶしかった。

「そっか……」

相手の言葉に気づかされて、自分の言葉が気づきになって。そうして成長していける相手が、本当の友達なのかもしれない。

タピオカミルクティーを飲み終わったあと、鎌倉駅からあゆみと同じ路線で帰る。あゆみと隣同士で座り、会話はなかったが、来るときみたいに気まずくはなかった。

その日、私はもうひとつ勇気を出した。たまちゃんとも、ちゃんと腹を割って話してみたいと決心し、夜に電話をしたのだ。明日、アカリを引き留める手伝いを頼みたい、というのもあった。その流れで、今日の小町通りでの出来事を話したのだが、たまちゃんはたまちゃんで、予想外の放課後を過ごしていたことがわかった。

なにかを考えている様子で部活に向かった——と思っていたたまちゃんだったが、実は違ったらしい。部活には遅刻すると連絡を入れ、アカリを追いかけたというのだ。校門前でアカリをつかまえ、近くのファストフード店へと誘う。

ふだんはクールで、感情的になることは少ないたまちゃんだが、私の遅刻やお昼休みの行動を見て、『なんとかしないと』と感じたらしい。そして……。

「もう、あゆみを無視するのやめなよ。あゆみにはあゆみの事情があるかもしれないじゃん。気を持たせたいから、で告白を保留にするような子じゃないって、ほんとはアカリもわかってるでしょ？　私と遙も付き合うから、明日《あした》ちゃんとあゆみに話を聞きなよ」

と、アカリにお説教したというのだ。

「たまちゃんが!?　ほんとに!?」

「いや、なんか思わず熱くなっちゃって……」

アカリもたまちゃんからこんなセリフが出ると思っていなかったのか、びっくりした様子で「わ、わかった」とうなずいたらしい。

「ほんとはアカリから自主的に動いてほしかったんだけどね」

「あ……。だから、当事者じゃないから様子を見る、って言ってたんだ……」

昨日送った、ラインの返事を思い出す。

「うん。だって、来年、私たち全員が同じクラスになれるわけじゃないじゃん。もし、アカリとあゆみだけが同じクラスになったとき、だれかが仲裁しないと仲直りできないんじゃ困るからさ……」

「そんな先まで考えてたの⁉」

びっくりして、電話口で大きな声を出してしまった。たまちゃんから「耳が痛い」と文句を言われる。

「ごめん。たまちゃんのこと、ちょっとドライって思っちゃってた。ほんとはすごい熱いやつだったんだね……」

「恥ずいからやめてよ。柄じゃないんだから、こういうの」

照れ隠しなのか、そう返すたまちゃんはぶっきらぼうな口調だった。

話してみれば、あゆみも、たまちゃんも、みんなそれぞれ相手を考えて行動していた。アカリも、怒りはおさまっているけれど引っ込みがつかなくなっているだけかもしれない。

「なんかさ……今日、みんなのこともっと知りたいって思った。アカリも含めて」

人間って一面じゃないんだな、というのを実感する。

「これからはもっと、話していけばいいじゃん。まだ一年の半分しか過ぎていないんだし」

「そうだね。まだ半分、かあ」

中学のとき、本で読んだことがある。コップに半分残ったジュースを見て、『もう半分ない』と思うか、『まだ半分もある』と思うかで、幸福度が違うって。私は、まだ半分って思える人になりたい。

「とりあえず明日、ふたりがちゃんと話せるようにがんばろ」

「うん」

電話を切ったら意外と夜も更けていたので、電気を消してベッドに入る。明日はきっと、うまくいく。そんな気がしていた。


次の日曜日。鎌倉駅西口の、時計台広場。パーカーワンピの上にGジャンをはおった私は、スマホをそわそわ見ながら人を待っていた。

「ちょっと早く来すぎたかも……」

今日は私が集まりの主催者なので、気合いが入ってしまった。

「ごめん、待った？」

私の肩を叩《たた》き、最初に合流したのは、私服はモノトーンでカジュアルなたまちゃん。

「ううん、時間ぴったりだよ。あ、アカリとあゆみも来た」

遠くから手を振る、ガーリーなワンピース姿のあゆみと、ショートパンツにゆるっとしたニットを合わせたアカリが見えた。

なにかを楽しそうに話しながら、ふたりは並んでこちらまで歩いてくる。

「すっかり元通り……っていうか、前より仲良さそうだよね」

「ほんと、ほんと。まったく人騒がせなんだから」

そう言いつつも、ふたりを見つめるたまちゃんもうれしそうだ。

ふたりはあのあと、無事仲直りできた。私が予想した通り、アカリも一度怒った手前、引っ込みがつかなくなっていただけだった。お互いに謝罪し、「今回のことで、気持ちって伝えないと伝わらないってよくわかった。だから私も、小林に告白してきっぱり振られるわ」とアカリが宣言したときにはみんなが驚いた。そうして翌日腫《は》れた目で登校し、「やっぱりダメだったわ」と弱々しく笑ったアカリを、私は初めて尊敬した。あゆみもその姿に勇気づけられ、先輩に告白を考えているらしい。

「おはよう遙ちゃん。待たせちゃってごめんね」

「おはよ。ねえ、こんな早くに集合して、ほんとにお店やってるの？」

あゆみとアカリがそれぞれ、キャラ通りの挨拶《あいさつ》をする。

「大丈夫だって。今日紹介するお店は、特別なんだから。カフェどんぐりって言ってね――」

私は三人に説明しながら、カフェまでの道を歩く。ひとりカフェもいいけれど、今日は特別な朝ごはんを、この四人で共有したい。

学校をサボろうとしていた子が友達を連れてきたら、あさひさんはびっくりするだろうか。でもきっと、あのほんわかした笑顔で「おはようございます」って言ってくれる気がする。それを想像すると、今から笑みがこぼれるのだった。

メニュー2　疲れた朝のおくすりスープ

毎日、目覚めると、『もう朝が来てしまったのか』と絶望する。

三時間は寝たはずなのに、ついさっき目を閉じたばかりに思える。睡眠をとっていたのではなく気絶していて、一瞬で朝の世界に来てしまったのではと想像する。どちらにしても、むりやり起きなければならないのは一緒だが。

ベッドから這《は》い出すと、身体が鉛のように重かった。まだギリギリ二十代なのに、よいしょっと気合いを入れないと、ベッドからも椅子からも立ち上がれない。

パジャマ姿のまま、適当に顔を洗ってひげを剃《そ》る。一分でも長く寝ていたいから、朝食は食べない。まあもっとも、昼も夜もそんなにまともには食べていないが。昼は仕事をしながら固形栄養食をエナジードリンクで流し込み、夜はカップ麺《めん》やコンビニ弁当をかき込むように食べる。就職してから、体重は十キロも減ってしまった。

「またクマ、濃くなってるな……」

あごをさすりながら、鏡に映った自分の顔をじっと見る。頬がこけて、いかにも不健康そうだ。今、久しぶりに昔の友達に会ったらびっくりされるだろうな。

しばらくクリーニングに出せていないスーツを着て、家を出る。最寄りの鎌倉駅までは、徒歩十五分くらいだ。

「うぅ、寒い……」

マフラーを巻いた首を縮めて、コートの前を合わせる。

「なんで冬ってこんなに寒いんだよ……沖縄に行きてぇ……」

そうだ、昨日はベッドに横になっても寒くて寒くて、なかなか寝付けなかったんだ。だからなのだろうか、早足で歩いていてもなんだかふらふらする。

「……気持ち悪い」

我慢して歩いていたのだが、とうとう俺は、市役所前の通りの途中でしゃがみこんだ。乗り物酔いをしたときみたいに、舌がしびれて、喉《のど》の奥からなにかが込み上げてくる。今、胃の中に吐けるものなんかないのに。

何度もやってくる吐き気の波をこらえていると、頭上から若い男の声がした。

「どうしましたか?」

やけに丁寧で、やわらかな声色。

ゆっくり顔を上げると、ふわふわの髪の毛をした男が、腰を落として俺の顔を覗《のぞ》き込んでいた。なぜか手には、ほうきを持っている。

「顔が真っ青ですよ。よかったら、うちの店で休んでいってください」

男の後ろに、看板が見える。『カフェどんぐり』。シャツと黒エプロンの上にダウンジャケットを着込んだこの男は、カフェの店員なんだろう。ほうきを持っている理由がわかった。

見ず知らずの男に声をかけてくるなんて、この店員も酔狂だな。二日酔いかもしれないサラリーマンなんて、放っておけばいいのに。

「仕事があるんで……」

会社を遅刻するわけにはいかないし、カフェで休むつもりもない。

「でも、この体調じゃ……」

「よくなってきたんで、大丈夫です」

よろけながら立ち上げると、店員は背中を支えてくれた。華奢《きゃしゃ》そうに見えるのに、意外と力がある。と同時に、軽く支えられるくらい重みのない自分が情けなくなった。

「すみません……」

口からこぼれる謝罪の言葉も、弱々しかった。しかし、なんとかひとりでも立てる。

「あの、ちょっと待っててください」

店員はそう言い残すと、脇道を走っていった。

仕方なく、言われた通り待つ。一刻も早く駅へと急ぎたかったが、どのみちまだふらついている。

店員はすぐに、息を切らせながら戻ってきた。ほうきのかわりに、手にはやたら大きな水筒を持っている。

「自分の朝食用に作ったスープのおすそわけです。これだけでも持っていって、気分が落ち着いたらお腹に入れてあげてください」

笑顔で差し出されたが、正直いらなかった。でも、いらないと言って押し問答になったら、よけいに面倒くさい。今は余分なエネルギーなんて残っていないのだから。

「……どうも」

水筒――スープジャーというのだろうか――を受け取り、俺はぺこりと頭を軽く下げた。

「いってらっしゃい」

店員は、子どもを見送る母親のように、にこにこと手を振ってくる。数メートル進んでから振り返ったら、まだ俺の後ろ姿を見送っていた。……ずいぶんおせっかいな店員のようだ。

スープジャーをむりやり通勤鞄《かばん》につっこむと、俺は駅への道を急いだ。大丈夫、いつもより一本あとの電車に乗っても、会社には間に合う。

俺は横浜《よこはま》にある会社でシステムエンジニアをしている。そこそこ大きな、中堅の会社だ。自分の会社がホワイトでないことは、身に染みてわかっている。特にここ数年、業績が傾きだし、『コスト削減』『人員削減』と騒がれはじめてからがひどかった。

人手が足りないから、常に全員がオーバーワークで、残業・休日出勤は当たり前。激務で体調を壊して人がやめ、さらに負担が増え……の繰り返し。残っているやつらは自分も含め、全員社畜だ。たまに新人が入ってくるけれど、揃《そろ》って死んだような顔をした社員にびびり、気づいたらいなくなっている。『今度は何ヵ月続くかな』と考えるのも面倒になってきた。新人なんて、ツチノコくらいに思っていないと精神がもたない。

こんな会社、いつでもやめてやる、と思っているけれど、実際には行動に移せない。それには理由がある。

俺は中高一貫の私立出身で、周りは裕福な家の優秀な子どもばっかり。医者の息子とか、親が社長とか。俺は平凡な家庭に生まれた凡才で、ガリ勉して私立に入った口だったから、成績はずっと下のほうだった。

同級生が国立大や難関私立に合格を決める中、自分は第一志望の大学に落ち、浪人。翌年なんとかそこそこの大学に受かったが、就活が大変だった。

大手企業に絞った結果なかなか一次選考すら突破できず、あわや就職浪人か……と覚悟していたところに、〝念のため〟にエントリーしていた中堅会社に内定。就活が始まる前は、『どうせ受かっても辞退することになるだろうな』と思っていた会社が、天の助けに思える日が来るなんて。

医学部の友人、法学部を卒業して法科大学院に進んだ友人、国家公務員になった友人たちに『就職決まったよ』と報告しても、ギリギリ恥ずかしくないライン。しかし転職したら、今よりいい会社には受からないだろう。同窓会でみじめな思いをするのは、嫌だ。だったら、無理してでも今の会社にしがみついていたほうがマシだ。

親は俺の身体を心配して、よく連絡してくるけれど、帰省しても「〇〇くんはすごいね。〇〇病院に勤めているんだって」「弁護士の〇〇くんは、今ドバイにいるらしいよ」と同級生をほめるばかり。自分の子どものことは、すごいと思っていないんだろうな、とすさんだ気持ちになる。

俺は自分が、コンプレックスにとらわれた、プライドばかり高い人間だと知っている。だからこそ、自分に残された最後の命綱は離したくない。それすらなくなったら、どんどん下に転がってしまう気がする。

『次は〜、よこはま〜、横浜〜』

駅に着くと、スーツ姿の大人たちが、どわっと電車から吐き出されるように下りていく。俺も人の波に乗り、改札を通ってオフィス街へ向かう。

出勤したら、始業ギリギリの時間だった。だれも注意なんてしてこないけれど。みんなもうすでに、自分の机のパソコンから目を上げない。最低限の会話しかしないのだ。仕事上の連絡は全部、社内連絡ツールで完結。リモートワークの社員もいるので、当然会議もほぼリモート。出勤しても、家でひとりで仕事しているのと変わらない。

「おはようございます」

挨拶《あいさつ》なのか、ひとりごとなのかわからない音量でつぶやくと、「ん？」という顔で隣のデスクの社員が振り返る。しかし、何事もなかったかのようにパソコン画面に戻った。

ここでいきなり俺が裸踊りを始めても、全員見えていないふりをするのでは？　と疑問に思うけれど、実行には移さない。さすがに、そこまで病んではいない。

「あ……そうだった」

鞄を開けて、すっかりスープジャーの存在を忘れていたことに気づいた。

「面倒だな……」

できれば仕事帰りに、洗ったスープジャーを店に返したい。しかし、スープを流しに捨てるのは気がとがめた。

「仕方ない……食べるか」

仕事を始めてしまえば休憩を取るタイミングが遅くなるので、会社に着いたばかりだが今から食べることにする。休憩は個人で自由にとっていいので注意されることはないが、なんとなく早弁の気分だ。実際は朝ごはんなのだが。

休憩室に行って、スープジャーのふたをぱかっと開ける。魔法瓶なので、まだほかほかと湯気がたっていた。

ジャーを傾けると、オレンジ色のとろりとした液体がとぽぽ……とふたに注がれる。

「ポタージュ……？」

ジャーに備え付けてあったスプーンでひとくちすすると、甘くてまろやかな味が口いっぱいに広がった。

「かぼちゃだ……」

ほかにもなにか入っているのだろうが、よくわからない。しっかりした甘みと、ほんのり利いた塩気と、出汁《だし》っぽいうまみ。かぼちゃはそこまで好きなわけではないのだが、口当たりがいいのでどんどん飲めてしまう。丁寧に裏ごしされているからなのだろう。悔しいけど、うまい。

「全部、飲んでしまった……」

胃がぽかぽかと温まって、少しだけ残っていた吐き気も消えていた。

「うーん……仕事するか」

ストレッチしてからデスクに座ると、頭がしゃきっとしている。

その日は仕事中でも身体が軽くて、トイレで鏡を見るとクマも薄くなっていた。どうして、体調がいいんだろう。もしかして、あのポタージュを飲んだからだろうか。ろくな食事をとってなかったから、野菜を食べたのがよかったのかもしれない。

仕事帰りに、給湯室で洗ったスープジャーを返そうとカフェに寄ろうとしたが、脇道の前には『CLOSE』という看板が出ていた。

「まあ、当たり前か……」

もう、夜の十一時だ。飲み屋ではないのだから、閉店していて当然だ。

「仕方ない……明日《あした》の朝返すか」

その日の夕飯はいつものコンビニ弁当だったけれど、めずらしくドリアなんてものを選んでみた。野菜が一番たくさん入っていたからだ。

一度身体にいいものを食べると、そのあとも維持しようとするんだな……。

食事なんてカロリーさえとれればいいと思っていた自分だが、こんなに体調に変化があるなら、ちょっと考えさせられる。

「まあ、今だけだな」

どうせすぐに、もとの食生活に戻るだろう。食事を気にしている暇なんてないのだから。

昨日の夜は、ぐっすり眠れた。寝付きがいいので五時間も眠れたし、朝お腹がすいていた。といっても朝食の材料なんてないので、いつものように食べずに家を出た。途中のコンビニでプロテインバーでも買おうかと考えていた。

「おはようございます」

カフェの抜け道のところには、今日も店員がいた。歳は、俺の少し下くらいだろうか。

「あの、昨日はどうもありがとうございました」

ほうきで道を掃いている店員がこちらに気づく前に声をかける。

「あ、昨日の……！　おはようございます」

店員は、俺を見た瞬間親しげな表情に変わった。

「あのあと、大丈夫でしたか？」

「はい、おかげさまで。それで……これを返しに」

鞄《かばん》からごそごそ出したスープジャーを渡す。重みで空なのがわかったのか、店員は満足そうに微笑んだ。

「全部食べてくださったんですね。お味はどうでしたか？」

「あ……おいしかったです。かぼちゃ以外にも、なにか入ってるんですか？」

たずねると、俺から質問されたのが意外そうに、目をぱちぱちさせる。そのあと、満面の笑みになった。

「そんなに気に入ってくださったんですか」

「ま、まあ……。それであの、ポタージュの中身って」

「ああ、そうでした」

店員は照れたように頭をかくと、斜め上を見上げてレシピを暗唱する。

「かぼちゃ以外は、小松菜とアーモンドミルク……味付けは、コンソメとメープルシロップ、ほかにもターメリックとガーリックパウダー、塩こしょうをちょっとずつ」

「そんなにいろいろ入っていたんですか。どうりで……」

味が複雑なわけだ。飲んだあと、身体がぽかぽか温かくなったのは、ガーリックのおかげもあるのだろうか。

「もしかして、今日も朝ごはん、食べていらっしゃらない？」

店員は、俺の顔色をじっと見ている。どうしてバレたんだ。顔色だけでわかるものなのか？

「は、はい。胃腸の調子はいいんですけれど、家に食べ物がなくて……」

「なら、ちょっと待っててください」

俺が返事をすると、店員はまた、ほうきを置いて脇道を走っていく。嫌な予感。

「はい。今日も持っていってください」

やはり、という感じで、今回もスープジャーを持ってきた。さっき返したのとは違うやつだ。

「いや、さすがにいただけませんよ……！」

「大丈夫です、うちテイクアウトもやっているので」

「だったらせめてお代を」

通勤鞄から、財布を取り出す。至極まっとうな申し出だったと思うが、店員はしぶい顔をして考え込んだ。

「うーん……。今のお客様からはあまり受け取りたくないですね」

「なんでですか」

「お代を渡してすっきりしたら、また、食べなくなっちゃうでしょう？　朝ごはん」

ぐ、と言葉に詰まる。今俺は、店員に借りがあるから立場が弱いわけで、これでお金を払えばただの客と店員になる。そうしたら、次にスープジャーを渡されても断る権利があるわけで……。

そこまで見抜いてくるのも薄気味悪いが、なんでこの店員はここまで俺の朝ごはんのことを心配してくるんだ。どうでもいいじゃないか、他人の朝食事情なんて。

「あなたからもらわなくても、い、家でちゃんと」

「食べられます？」

またも、言葉が出てこない。パンかなにかを夜のうちに買っておけばいいのだが、仕事で疲れているときに、明日の朝食べたいものなんて考えられない。

「でしたらこうしましょう。明日はお店で、朝ごはんを食べてください。そうしたらお代は受け取ります」

「えっ……」

朝から、カフェで朝食を？　正直、そんな時間があるなら寝ていたいのだが、一度お店に行けば借りも返せるし、彼も満足するだろう。スープ代も込みで、ちょっと多めに払えばいい。

「わ、わかりました」

うなずくと、店員はにっこり笑ってスープジャーを押しつけてくる。

「じゃあ、お待ちしております」

また、受け取ってしまった。押しが強そうなタイプではないのに、この店員のペースに乗せられてしまうのは、なぜだろうか。

「でも、うまいんだよなあ……」

昨日と同じ時間、会社の休憩室。スープジャーの中身をひとくち飲んだ俺は、しみじみとつぶやいた。

今日のスープは、ミネストローネだ。細かく切ったニンジンや玉ねぎが入っているイメージだったが、それ以外にも穀類っぽいなにかと、いろいろな豆が入っていた。食べごたえがあっておいしい。スープだけでも、ちゃんとお腹にたまる。

トマト味のスープは酸味が強いイメージで苦手意識があったが、これはちょうどい い。かといって水っぽくもなく、トマトのうまみは濃いので、なにか工夫しているのだろうか。料理が好きなわけでもないのに、細かい部分が気になってしまう。

「明日は店でってことは、スープ以外も食べられるのか……」

そうつぶやいて、自分が楽しみにしている事実に愕然《がくぜん》とした。

いやいや。朝カフェなんて、意識が高くて生活に余裕があるやつがやるものだろ。自分みたいな社畜は、ジャンクフードを食べているくらいがお似合いなのに。

しかしまあ、外でモーニングなんて久しぶりではある。どんなメニューがあるのだろうか。カフェのモーニングと言ったら、トーストとサラダ、ゆで卵のイメージだが。

「仕事、するかぁ」

ミネストローネを食べ終えたあと、腰を上げる。軽くストレッチすると、肩こりと腰痛もやわらいだ気がする。

なんだか仕事がはかどったので、今日はいつもより早く帰れた。この時間帯だと学生も電車に乗っている。仕事帰りっぽい人たちも、俺みたいに顔色の悪い、げっそりしたやつはいない。きっと、三食きちんと食べて、土日はちゃんと休んで、遊びも仕事も両立しているんだろう。

ここにいる、まっとうに生活している人たちがまぶしく感じる。自分だって学生のころは、そんな社会人になると思っていたのに。

「なにやってるんだろな、俺……」

社畜になりたかったわけじゃない。ブラックすれすれの会社に、ずっといられるとも思っていない。いつかは自分も身体を壊してやめていくだろう。でも、今どうしていいかなんて、わからなかった。

次の日——。寝坊をしたら行かなくてすむな、なんて考えていたけれど、しゃっきり早い時間に目が覚めてしまった。早く帰れた上にまたまた寝付きがよかったせいだろう。おまけに、ほどよくお腹もすいている。これでは、カフェどんぐりに行かない理由がない。

いつもより丁寧にひげを剃《そ》って髪をセットしたあと、スーツとコートを着て家を出る。寒いし、吐く息も真っ白なのに、これからカフェで温かい朝食が食べられると思うとそれが心地よい。

「なんでこんなに楽しみにしているんだ？　俺……」

あの店員の作るスープがうまいのは間違いないのだが。なんだか、それだけじゃない気がする。

今日は、脇道のところに店員はいなかった。カフェの看板がなかったらだれも入っていかないような道をしばらく進むと、『都会にある森』という感じの開けた場所に出た。

「ここが、カフェどんぐり……」

自然に調和するようなナチュラルな建物にはガーデンテラスもあり、暖かい時期なら気持ちがよさそうだ。太い木に設置されたツリーハウスにも少年心がくすぐられる。実際に登れるのだろうか？

「ん？」

今、ツリーハウスのあたりで、ちろちろっと動くものが見えたような……。小動物、それも、しっぽがふわふわしていてリスのようなフォルムだ。まあ、鎌倉なのでリスがいてもおかしくはないのだが。

「どうも……来ました」

一応挨拶《あいさつ》しながら、ドアをゆっくり開ける。店員はカウンターの奥でなにやら作業をしている。こちらに気づくと、人懐っこい笑みを浮かべながらぱたぱたと走り寄ってきた。

「おはようございます！　来てくださってよかったです。こちらへどうぞ」

店内も、さすが森の中のカフェという感じで、家具やインテリアもほぼ木でできていた。店内中央には、天井まで届くような大きな観葉植物が鎮座している。

案内されるがまま、俺はカウンター席に腰かけた。

「ん？」

カウンターの内側に目をやると、端にハムスター用っぽい四角いケージが置いてある。俺は、さっき見たリスを思い出した。リスとハムスターって、同じくらいのサイズだよな。

「どうかしましたか？」

店員が俺の表情に気づいたのか、お冷やとおしぼりを出しながらたずねてくる。

「いや、さっき外でリスを見かけたんだけど、もしかして……？」

「ああ、うちの子ですね。今の時間は庭を散歩していることが多いんです」

「えっ。野生のリスって飼えるんですか」

リスが増えすぎて、被害が出ている話は有名だ。保護して飼育してもいいのだろうか。

「いえ、うちの子はシマリスで……。野生で繁殖しているのはタイワンリスですね」

「へえ……」

ちゃんと、ペット用なのか。ケージがあるということは、店内が寝床なのだろう。

「ちょっと、残念だな」

もう少し、じっくり見てみたかった気もする。おしぼりで手を拭《ふ》こうとして、ハッと本来の用事に気づく。

「あ。そうだ、これ……。ごちそうさまでした」

借りていたスープジャーを、カウンターテーブルの上に出す。店員はそれを持ち、軽いとわかった瞬間笑顔になった。

「今回もキレイに食べてくださったんですね。どうでしたか？」

「うまかったです。具が、食べごたえがあって……。そういえば、穀類みたいなつぶつぶが入っていたんですけど、あれはなんですか？」

「あれは、押し麦です。スープに入れるとリゾットっぽくなって、パンなどの主食がなくてもお腹にたまるのでいいですよ。あとは、サラダに使ったりもします」

「押し麦……」

麦飯はあまりおいしいイメージがなかったのだが、認識が変わりそうだ。

「あと、トマトなのにすっぱくなかったのですが、あれはどうしてですか？」

「うーん、ホールトマトは普通のものを使っているのですが……。もしかしたら、粉チーズを入れたからまろやかになったのかもしれませんね」

「なるほど」

おしぼりで手を拭き、お冷やのグラスを取る。コースターになにか書いてあった。

【Guten Morgen】

「グーテン……モルゲン？」

「ドイツ語で、『おはよう』です」

ふうん、モーニングの時間帯だからか……。と感心し、お冷やをひとくち飲んだの
だが、あるものが出てこない。

「あの、メニューは……？」

いぶかしげにたずねると、店員は「あっ」という顔になった。

「すみません。カフェどんぐりは朝食の時間帯のみ、おまかせで作らせてもらってい
るんです。表の看板、ご覧になりませんでした？　脇道のところと、店の入口の…

…」

「看板……」

そういえば、掃き掃除をしている店員の後ろに見えた看板。『カフェどんぐり』の
文字の下に、なにか文章があったような気がする。入口の看板にも、ろくに目を向け
ていなかった。

仕事が忙しくなってからずっと、必要な情報しか目に入らないようになっている。

いつも通っている道なのに、新しい店ができていてもしばらく気づかなかったり、ニュース番組を見ていても内容が思い出せないことがよくあるのだ。無意識に、脳のリソースを仕事以外に使わないようにしているのだろう。仕事人間というか、これでは仕事のために作られたロボットみたいだ。今までそれを『悪い』なんて感じていなかったのに、なぜか急に恥ずかしくなった。

「すみません。せかせか歩くのがクセになっていて、よく周りが見えていなかったみたいです」

目を合わせられずにうつむいたが、店員はやわらかい口調でわびる。

「いえいえ、こちらこそ事前にお話ししておかなくてすみません」

その胸元に『Ａｓａｈｉ』というネームプレートがあるのにも、初めて気づいた。親切にしてくれた人なのに、今までそんなことにすら気づかなかったんだ。

「カフェどんぐりでは、お客様のご予算に合わせて、お好みの朝食を作らせていただいております。たとえば、ベーシックなイングリッシュブレックファストで八百円くらいです。食べたいものや、苦手なものはありますか？」

店員――あさひさんは、「参考に」と朝ごはんの写真のファイルを見せてくれた。今まで作った料理を記録しているらしい。見たことのない料理やオシャレな料理が並んでいたけれど、どれも今食べたいものとは微妙に違っている気がした。

　俺は、写真ファイルをぱたんと閉じる。

「スープ……がおいしかったので、汁物は欲しいです。あと、それ以外にもなにかあれば……。予算は千円前後で」

「かしこまりました。ご自由にして、お待ちくださいね」

　そう告げてあさひさんは裏に引っ込んだが、スマホを見たりビジネス書を開く気にはなれなかった。このゆったりした空間に、そぐわないからだろうか。

「久しぶりにぼうっとするか……」

　目を閉じて、椅子に背中を預けると、なんだかうつらうつらしてきた。眠りに落ちる前の、全身から力が抜ける、心地いい感覚。

　夢なんかずっと見ていなかったのに、一瞬だけ、しばらく会っていない両親の顔が見えた。

「お待たせしました」

　はっ！　と目を開くと、目の前に店員の顔があった。俺は寝ていたのか？　気を張りすぎて寝付きが悪く、帰りの電車の中でだってうたた寝ができない自分が？

　信じられない気持ちだが、カウンターテーブルの上には、あさひさんが持ってきたであろう朝食がほかほかと湯気をたてている。目を閉じたまま時間がたっていたことは間違いないみたいだ。

「具だくさん味噌汁《みそしる》と、中華がゆです」

大きめのお椀《わん》の中には、具がどっさりの味噌汁が、そしてその隣のひとり用土鍋《なべ》には、赤い実と緑の草、よくわからない黄色い具が載せられたおかゆが入っていた。

「おかゆ……？」

朝食におかゆを食べるのは、風邪を引いた子どものころ以来だったので、面食らう。

しかし、あさひさんの返事は、それ以上に驚くものだった。

「はい。おとといお会いしたとき、だいぶ胃腸が疲れてそうだったので……。二日間で少し回復したみたいですが、まだ朝から重いものはおつらいだろうと、おかゆに」

「え……。もしかして、俺の胃腸を考えて、スープを渡してくれたんですか？」

俺が目を丸くすると、あさひさんは慌てて首を横に振った。

「いやいや、初日はたまたま、自分用にポタージュを作っていたんです。昨日は……もしかしたらまたお会いできるかなという期待もあって、トマトスープに」

いたずらがバレてしまったときのような、照れくさそうな微笑みを浮かべている。

「な、なんで……。初対面の俺に、そこまでしてくれたんですか？　まだ、客でもなかったのに」

しかも、態度も悪かった。あんな男、自分だったら絶対に関わりたくないのに、この人はどうして。

「性分なんです。朝食を必要としている人においしいものを届けるのが、自分の仕事だと思っているので。それがたまに、店の外でも出てしまうみたいです」

「知らない人に朝食を渡したことが、今までにも……？」

「実は、何回か。でもみなさん、それから常連になってくださったんですよ」

それはそうだろう。なんの見返りも求めない純粋な優しさであんなうまいものを渡されたら、導かれるようにここに来てしまう。俺ですらそうだったのだから。

「まあ、僕の話はこのへんで。冷めないうちに、召し上がってください」

「ああ……。いただきます」

味噌汁をすすると、かつお出汁《だし》の味が舌に広がる。味噌は出汁を壊さない、あっさりした合わせ味噌だ。

「ああ……しみる……」

どのスープもうまかったが、こんなに好みの味噌汁を出されると、『これぞ求めていた朝ごはん』という気がする。

具は、里芋、小松菜、しめじ、豆腐とこんにゃくだ。豆腐は手でちぎっているから汁がよく染みてうまい。そして、下からニンジンではない赤い具が出てきて「ん？」となったが、なんとミニトマトだった。しかし、この酸味がアクセントになってちょうどいい。

「うまいなあ……」

さっき両親の夢を見たせいか、実家の味噌汁の味を思い出してしまう。うちはかつおと昆布で出汁をとったり、煮干しを使ったりしていたが、どちらも好きだった。一番好きな具は落とした卵で、玉ねぎとの相性がよかった。最近帰省できていないから、母の味噌汁がなんだか恋しい。

味噌汁を堪能《たんのう》したら、次は中華がゆだ。正直、普通のおかゆとの違いはよくわかっていないが……。

「あの、このおかゆの上に載っている具って、なんですか？」

指さしてたずねると、あさひさんもひとつずつ示して説明してくれる。

「赤いのがクコの実、これがパクチー、これが揚げたワンタンの皮です」

「へえ……」

ワンタンのところから食べてみるが、パリパリしていて食感が楽しい。クコの実とパクチーは若干クセがあるが、口の中がさっぱりする感じだ。

「おかゆって味がないと思ってたんですけど、なんだか、鍋のメみたいな味でうまいです」

鶏の水炊きのメで雑炊を作ったとき、こんなうまみだった気がする。

「ああ、きっと鶏ガラスープで炊いているからですね」

「なるほど……」

食べ終わるまでの間に、ほかにもいくつか会話を交わした。野菜が鎌倉野菜だとか、味噌汁は腸にいいとか、そういった話題だが。

鍋とお椀が空になるころには、お腹もいっぱいになり、心も満足感で満たされていた。

ああ、俺は、会話に飢えていたのか……。

ふだん、仕事以外の会話といったら、コンビニ店員とのやりとりくらい。そんな中、あさひさんに自分の体調を気遣ってもらえて、俺はうれしかったんだ。面倒だと思いながらもここまで来てしまったのは、うれしくて、楽しくて、人の温かさに触れたいからだったんだ。

今までとは違う真摯《しんし》な気持ちで、あさひさんを見る。自分がどんな表情をしているのかわからないが、彼は戸惑ったように首をかしげた。

「どうかしました？」

会社の同期も、優しくて真面目なやつほど早くやめていった。尊敬する先輩も、かわいがっていた後輩もいなくなった。システマチックな人間ばかりが残って、体調を心配してくれる同僚なんて皆無だ。笑顔で語りかけてくれる人間なんて、朝のニュースのお天気キャスターとコンビニ店員くらい。心がどんどん死んでいって、半分ゾンビになっているのにも気づかなかった。

だけどこの人は、たった一杯のあったかいスープで、死にかけの人間を救ってくれたんだ。

母親の味噌汁も、この人の味噌汁も、どうしてうまいのかわかったよ。食べる相手のことを、俺のことを考えて作ってくれたからだ。身体があったまるように根菜を、栄養がとれるように緑黄色野菜も加えて。豆腐やこんにゃくは、食べごたえが出るように入れてくれたのかな。そんなふうに想像したら、目頭が熱くなった。

涙がにじんでしまいそうだったので、眉間《みけん》にぐっと力を入れて、うつむく。

「――お客様、温かいお茶を淹れてきますね」

急に黙り込んだ俺を気にすることなく、あさひさんは穏やかな声でそう告げた。ぱたぱたと、厨房《ちゅうぼう》のほうに向かう足音と、ややあってこちらに戻ってくる気配。

そして、テーブルの上になにかがことりと置かれた。

「どうぞ、はちみつとショウガを入れた紅茶です」

顔を上げると、甘い匂いのする琥珀色《こはくいろ》の液体が目の前にある。うるんだ目を見られるのは恥ずかしかったが、それ以上にこの飲み物がおいしそうで手を伸ばす。

喉《のど》に流れ込んだ紅茶は、甘くて、熱くて、とろっとしていた。

「……すみません、少し感情的になってしまって。泣きそうになるなんて、いい歳をして、恥ずかしいです」

自虐的な言葉で、おどけながら謝罪する。彼は微笑みを浮かべたまま、ゆっくりと首を横に振った。

「いいんですよ。大人が泣いてはいけないなんてだれが決めたんでしょう。むしろ大人になってからのほうがつらいことが多いのに」

「それは……たしかに」

思えば、俺がコンプレックスをこじらせたのは中学生からで、泣くのを我慢することを覚えたのも同じくらいだ。一番自由だった子どものころは我慢せずに泣いてよかったのに。それはとても理不尽に思える。

「たまには思いっきり泣けばいいんですよ、大人も。スープが身体のデトックスになるなら、泣くのは心のデトックスです」

「あさひさんも、泣くことがあるんですか」

「それは、もう。僕は涙もろいので、泣きまくりです」

「泣きまくりですか」

あさひさんが胸を張って言うものだから、おかしくて笑ってしまった。

「……気づいているかもしれないんですが、俺の会社、いわゆるブラック企業ってやつで」

プライドがジャマをして、だれにも相談できなかった身の上を、俺はあさひさんに語る。彼は時折うなずきながら、静かに聞いてくれた。

「……そんな感じで、職場では人間らしい扱いをされていないんです。なのに、自分の見栄のために社名を手放せない、ダメなやつなんですよ、俺は」

最後は、おどけて終わってしまった。訥々《とつとつ》と語っていると、自分がコンプレックスにとらわれて決断力もない、中途半端な人間に思えて、自虐でもしないとやっていけなかった。

あさひさんは顔をしかめ、泣くのを我慢しているような表情で俺を見ていた。ああ、やっぱり俺の状況は悲惨なんだなと思ったのだが、あさひさんの表情の理由は違っていた。

「お客様は……会社で粗末に扱われているからといって、自分まで自分を粗末に扱っていませんか？」

「えっ……？」

「食べるものや、睡眠にも気を配らなくなって。心地いいこと、楽しいことを手放していって。そうすると、どんどん考えがマイナス思考になってしまいます」

ハッと息をのむ。心当たりがあった。俺は自分で、ジャンクフードを食べているのがお似合いだと思っていなかったか？　わざと、自分を痛めつけるような真似をしていなかっただろうか。

「まず自分が、自分を大切にしてみませんか。栄養を考えて、しっかり食べて、たっぷり寝て。本を読んだり、音楽を聴いたり、映画を観たり……なんでもいいんです。自分が『楽しい』『幸せだ』と感じることを、少しずつしてみてください。昔好きだった本を読み返してみるのも、おすすめです」

「幸せだと、感じること……？」

「はい。思いつきますか？」

子どもにするように、優しい声色でたずねられる。すぐには、無理だった。でも少しずつ、昔好きだったことを思い出してくる。

「自分の食べたものが自分の身体を作るので、工夫してみましょう」

「でも俺、料理があまり得意ではなくて……」

大学時代も、ゆでたパスタにレトルトのソースをかけたものばかり食べていたのだ。

「大丈夫です。自炊しなくても、食べるものに気をつけることはできるんですよ。たとえば、外食するときやお弁当を買うとき、肉じゃなくて魚メインにするとか、汁物をつけるとか。今はコンビニに、具だくさんのお味噌汁《みそしる》やスープがレトルトであるので、それとおにぎりを買えば立派な朝食になります」

「なるほど……」

「お客様の身体には朝ごはんが必要みたいなので、ちゃんと食べてくださいね。簡単なものでいいので」

「……わかりました」

最初にスープジャーを渡されたときとは違って、素直にうなずく。あさひさんも、ホッとしてくれたみたいだ。

そして、はたと気づく。けっこう長い時間を、ここで過ごしてしまったのでは？

「ヤバい！　そろそろ出ないと遅刻しそうです」

腕時計を見ながら立ち上がると、あさひさんもカウンターから出てきた。

「そうでしたか。長々と話してしまってすみません」

「いえ、俺のほうこそ……」

せかせかした足取りでレジまで移動し、あさひさんを急がせながら会計をすませる。

レジカウンターの上には、木彫りのリスがいた。

「いってらっしゃいませ」

あさひさんが、玄関まで見送りしてくれる。

「いってきます」

だれかにこのセリフを言うのは、久しぶりだった。

店の外に出たあと、もう一度ツリーハウスを見上げる。

「リスが見えないな……」

がっかりして前を向くと、目の前を小動物が横切る。

「うわっ！」

俺が驚いて後ずさると、リスが立ち止まり、こちらを笑っているかのようにキュキュキュ、と身体を震わせた。

手を伸ばしてもギリギリ届かない距離にいるので、俺もそれ以上近寄らず、リスを観察する。

「うん、たしかにシマリスだ」

くるっと丸まったしっぽも、しましまの模様も、間違いなく動物園で見たことのあるシマリスだ。冬毛だからか、ちょっともこもこしている気がするが。

「ヤバい、こんなことしてる場合じゃない」

時間がないのを忘れて、リスに夢中になってしまった。

「じゃあな。いってきます」

一応、リスにも挨拶《あいさつ》してから、背を向ける。会社に行くというのは同じなのに、いつもの朝と景色が違う気がした。朝の光って、こんなにまぶしかったっけ？

待っているのはうんざりするほどの業務だが、いつもより効率的に動いて、なるべく早く帰ってやる。しっかり朝ごはんを食べて、心にも身体にも栄養が行き渡ったおかげで、午前中から集中できそうな気がする。

「……リス、次はもっと近くで見られるといいな」

脇道に入るときに一度振り返ると、リスはもう見えなくなっていた。


俺はその日、会社の昼休憩を、めずらしく外で食べてみた。こうなる前はよく行っていた、リーズナブルな定食屋だ。夫婦ふたりでやっている店で、以前は顔なじみだった。六十代くらいの旦那《だんな》さんが厨房《ちゅうぼう》で料理を作り、明るくて恰幅《かっぷく》のいいおばちゃんが接客をする。普通の『町の食堂』という感じの店だが、居心地がよかった。

「いらっしゃいませ〜！」

引き戸を開けると、懐かしいおばちゃんの声が迎えてくれる。わいわいとお客さんで賑《にぎ》わった雰囲気もそのままで安心した。

自分の定番だったサバの味噌煮定食と、特別な日限定だったミックスフライ定食で迷ったが、あさひさんのアドバイスを思い出してサバの味噌煮にする。

「やっぱり、うまいなあ」

丁寧に下処理され味がしみしみのサバと、一緒に煮込まれてくたくたになった焼きネギ。小鉢は日によって内容が違うが、今日はひじきだ。ご飯と味噌汁はおかわり自由なので、食欲旺盛《おうせい》な若者にはありがたかった。今は、胃が小さくなってしまったので、キレイに完食するのでせいいっぱいだが。

食べ終わって伝票を持っていくと、数年ぶん歳をとったおばちゃんが、レジで会計をしてくれる。

「これでお願いします」

「はいはい」

お金を出すと、受け取るときにおばちゃんが一瞬俺の顔を見た。その表情が「ん ん？」というものになり、しばらく凝視されたあと、

「あれ……？　お客さんもしかして、前によく来てくれてた……？」

とたずねられた。

「あっはい、そうです」

まさか覚えられていたなんて、と信じられない気持ちでうなずく。

「ああ、やっぱり！　急に来なくなったんで、転勤になっちゃったのかなーって亭主と話してたんですよ」

「いや、まだ全然、この近くの会社にいます」

忙しさにかまけて来なくなったのが気まずくて、濁した言い方になった。

「そうだったんだねえ、久しぶりに会えてよかったよ。サバの味噌煮定食はどうだった？」

「あいかわらず、うまかったです」

「ふふ、ありがとうね。よかったらまた来てね」

おばちゃんは、お釣りと一緒に飴玉《あめだま》とサービス券をくれた。

胸が温かくなりながら外に出て、おばちゃんはたまたま俺だけを覚えていたのだろうか、と考える。いや、俺は特に見た目に特徴のない一般人だ。きっと、あの夫婦は常連のお客さんの顔をみんな覚えているのだ。そしてお店の終わったあと、ふたりで客について会話しているのだろう。あの人はこのメニューが好きみたいだとか、あのお客さんは最近見えないけどどうしたんだろう、とか。

「すごいなぁ……」

なにも、医者や弁護士みたいな仕事ばかりがすごいわけじゃない。自分が目を向けていなかっただけで、尊敬したくなるような仕事人は、きっと周りにいっぱいいるのだ。今日だけで、あさひさんと定食屋の夫婦、三人に会った。

「俺が会社をやめても、変わらないのかな」

有名な会社に勤めていなくても、そもそも会社員じゃなくても、いいのかもしれない。勝手に『同窓会でバカにされる』と思っていたけれど、本当にそうなのだろうか。自分がその仕事に誇りを持っていれば、バカにする人なんていないんじゃないのか。

エリート以外を見下していたのは、ほかでもない俺自身だ。俺のものの見方が狭かったから、周りもみんな同じだと思い込んでいたけれど、そうではないのだ。

「まだ、少し時間があるな……」

会社に戻る前に、本屋に寄ってみる。『昔好きだった本』とあさひさんに言われて、真っ先に思い出した物語があった。

「ええと、海外文学の棚……」

どこの出版社か忘れてしまったので、端の棚から順にタイトルを追っていく。

「あった、これだ……」

背表紙を抜き出すと、何度も見た表紙が顔を出した。

猫の後ろ姿がカバーに描かれたその本は、ハインラインの『夏への扉』。SFの傑作小説だ。

高校時代にこれを読んで、SFにハマったんだ。友達に勧めまくって貸していたから、当時の本はきっと実家にもない。

就活のとき、編集者になりたいと思って出版社も受けたけれど、ひとつも受からなかった。それが悔しくて、社会人になってからは小説から遠ざかってしまった。本屋に行くと、自分じゃないだれかが作った本ばかりが並んでいるからだ。

「コンプレックス極まれり、って感じだよなあ……」

そんなつまらない理由で好きなものを遠ざけていたなんて、バカみたいだ。

その日から俺の生活改善が始まった。三食きちんと、あさひさんのアドバイスに従って栄養バランスを考えて食べ、仕事はできるだけ時間内に終わらせる。シャワーですませないで毎日湯船に浸かり、寝る前にスマホはいじらない。なかなか眠れないときは、安眠にいいとされている曲を流してみた。土日はちゃんと休んで、家で本を読んだり映画を観る。余裕があれば散歩もした。せっかく鎌倉にいるのだからと、庭園のあるお寺に足を延ばす。枯山水《かれさんすい》庭園が有名な浄妙寺《じょうみょうじ》は雰囲気が落ち着いていて気に入ったし、報国寺《ほうこくじ》には竹林に囲まれた茶席があって、そこで抹茶とお菓子をいただくことができた。神聖な場所でひと休みすると、心が洗われたようになる。

スマホを触る時間は減り、逆に文庫本を持ち歩くようになった。身体は軽いし、夜はぐっすり眠れるから、食べる量も増えていく。週に二回は、カフェどんぐりに行って近況報告をする。あさひさんは、会うたびに俺の変化に驚いていた。リスとはだんだん距離が近くなって、カウンター席に座ると、お皿のそばまで寄ってくるようになった。

そんなふうに生活していたら、一ヵ月たつころには、完全に自分の細胞が入れ替わった気分だった。これは本当に今までの自分なのだろうか、とひげを剃《そ》りながら鏡を眺める。やつれた、顔色の悪い男はもういない。クマもなくなり、肌つやのいい、少しふっくらした自分が、こちらを見ている。

「新入社員のころみたいだ……」

俺の変化に、同僚たちは気づかないみたいだ。自分に正常な判断力が戻ってきてやっとわかる。会社が必要としているのは俺ではなく、文句を言わずに働き続ける奴隷だ。俺の能力が評価されているのではない。やめず、休まずに働いていたから重宝されていただけだ。

会社のほうが変わってくれるかもという淡い期待があったけれど、それは期待できない。待っている間に、心も体もダメになってしまう。

ここにいてはダメだ。早く転職しなければ。やっと決心はできたのだが、どういう業種に転職したらいいのかわからない。

大きな会社じゃなくてもいい、スーツを着る仕事じゃなくてもいい、と視野を広げたのはよかったのだが、逆に選択肢が多すぎて迷ってしまう。

転職サイトに登録し、転職雑誌を読み、ハローワークにも行ってみたけれど、ぴんとくる会社はなかった。

早く転職したい、と気持ちばかりが急く中、高校時代の同級生から飲みに行かないかと連絡が来る。昔から頭がよくて、だれでも知っている一流企業に就職したやつだ。俺に負けず劣らず忙しくて、何年も顔を合わせていなかったのだが、どうしたのだろう。

『OK。場所はどうする？』

すぐに、ラインで返信する。

『せっかくだから、鎌倉まで行こうかな。おすすめの店ある？』

てっきり新宿《しんじゅく》あたりの居酒屋を指定してくると思ったから、意外な返事だ。ジャンルはなんでもいいと言うので、七里《しちり》ガ浜《はま》にある、海を見下ろせるレストランを予約することにした。オシャレな雰囲気の店だが、メニューはほどよくカジュアルなので友達同士で行っても浮かない。

それから数日後。

「久しぶり。こんないい店を予約してくれて、ありがとな」

オーシャンビューの席で、先に来ていた友人が軽く片手を上げる。

「いや、俺もここに来たかったから」

俺はそれに返して、向かいに座った。

「まさかお前から誘われるなんて驚いたよ。だいぶ忙しいと思っていたからさ」

「それはこっちも同じだよ。OKしてくれるなんて思わなかった」

そのセリフは心外だった。まあ、以前だったら誘われても飲みに行く余裕なんてなかったが。

「なんだよ。断られるつもりだったのに、声かけてくれたのか？」

「……どうしても直接、話したいことがあって」

「え？」

神妙な様子で言うものだから、ドキッとする。まさか、病気とか？　いや、結婚するとか、いい報告の場合もあるだろ。ただ、仲間内で集まるのではなく一対一というのが気になって、嫌な予感がする。

「とりあえず先に注文しようぜ」

「あ、ああ……」

予約の時点でディナーコースと伝えてあったのでそれと、生ビールをそれぞれ注文する。当たり障りのない話をしている間に、ビールと前菜がくる。

「乾杯」

落ち着かない気持ちでグラスを合わせ、フォークを動かす。料理がおいしいのが救いだ。

「実はさ、転職したんだ」

前菜を食べ終わり、ビールが半分ほど減ったころ、友人が前置きもなく唐突に切り出した。

「えっ。話したいことって、それ？」

俺は気が抜けて、はーっと息を吐き出した。

「よかった。深刻な話かと思った」

「意外だな。転職なんて言ったら、お前はもっと驚くかと思ったのに」

友人は、軽く目を見開く。たしかに今までだったら、もっと驚いていただろう。

「なんでそんなもったいないことを」と言っていたかもしれないし、やめるくらいなら俺がその会社に勤めたかった、なんてことも考えていたかもしれない。

「ああ、実は……俺も転職を考えてて」

「そうなのか!? なんで？ 今の会社にこだわってたじゃないか」

話を聞きにきたのは俺なのに、友人のほうが驚いている。

「いやまあ、まずはお前の話から聞かせろよ」

「あ、ああ……」

友人の転職先は、知らない会社だった。だれもが知っている一流企業からの転職だというのに、友人の表情はさっぱりしている。

「実は俺も、一流企業勤めっていう肩書きにこだわってたところがあってさ……。ずっと、ふんぎりがつかなかったんだけど。でも思い切って転職してみたら、すごく楽になったんだ」

ずっと過労で身体を壊していたが、今は自分のペースで働けて楽しいらしい。

「小さい会社だから、逆に自分の役割がわかりやすくて、能力を発揮できている気がする。お客さんの顔が見えるっていうのも大きい。なんで会社のランクばかりにこだわっていたんだろうって思ったよ」

実際に転職した友人の言葉は、力強く後押しになって俺の胸に響いた。

「俺も、まったく同じで……。いや、俺のほうがみんなにコンプレックスがあったぶん、今の会社をやめられないって思ってたんだけど……。最近ちょっと、意識が変わってきて」

「そうなのか……。今日、お前だけ誘ったのは、俺と同じような働き方をしていて心配だったからなんだ。転職を考えているなら安心したよ」

「でも、転職先がまったくぴんとこないっていうか……。迷っていてなにも進んでいないんだ」

アドバイスを求めて話したのではなかったが、友人はあっさり答えをつぶやいた。

「お前は人と接する仕事のほうが向いているよ。今みたいなパソコンを使う仕事より」

「え？」

俺はぽかんとして、目をぱちぱちと瞬《しばたた》く。転職先も、デスクワークを無意識に選んでいた。

「人と話すのが好きだし、人を観察するのも得意だっただろ。ほら、高校生のときの『先生のものまねシリーズ』、クラスのみんなに大ウケだったじゃん」

「そんなの、よく覚えてるな……」

数学の先生が、「え〜それでは〜」から話しはじめるとか、社会の先生の微妙なイントネーションとか、「似てる似てる！」と評判がよかった。化学の先生が白衣をばさっとはおる仕草の真似なんて、一時期友人内でブームになって、みんなジャージをばさばさやっていたくらいだ。

「よく人を見てるなって、ひそかに感心してたんだよ」

「そうだったのか……」

会話が好きというのは、自分でも最近気づいたことだけれど、他人から見てもそうだったなんてと驚く。

「俺は今まで、自分をよくわかっていなかったみたいだ」

「そうだな。長所って意外と、自分では気づいていないのかもしれないな」

それから、俺も友人も妙にすっきりした気持ちで、ディナーコースに舌鼓を打った。

「なんだか、落ち着くな」

友人が、海を見ながらグラスを傾け、つぶやいた。

夜だから海は暗いが、潮の香りや波の音がして、充分オーシャンビューを楽しめる。

「こんな時間は久しぶりだなあ。ふだんはあまり、こういった店には入らないから。お前は、パッと店が思いつくなんて、慣れてそうだな」

「ああ。実は最近、カフェにハマってて。慣れてるってほどではないけれど、落ち着けそうな店に意識が向いてきたというか」

以前の俺だったら、今日もぶなんに大衆居酒屋を予約していただろう。心に余裕が出てきたから、『友人に海を見せたら喜ぶかな』と考えられたんだ。

「カフェか……。鎌倉にはいい店、多そうだもんな」

「あとは、お寺を散歩したりとか」

「お前がか!? 意外だな……」

学生時代の俺は、寺や寺院めぐりをするようなキャラじゃなかったから、友人は目を見開いた。

「おすすめだぞ。俺は鎌倉のよさを再確認した。東京なら、公園を散歩とかでもいいんじゃないか？」

「なるほど……せっかく転職したんだから、ゆっくり時間を過ごす趣味も見つけてみるか」

そのあとも友人と会話を楽しみ、『次は一緒に、鎌倉のお寺で写経体験をしよう』

と約束して、食事を終えた。

帰り道、頭に浮かんでくるのは、意外だった友人からの言葉だ。「お前は人と接する仕事のほうが向いているよ」。

「人と接する仕事か……」

鎌倉駅で下り、街灯で明るく照らされたアスファルトの道を歩きながら、つぶやく。

接客業とか、営業とかだろうか。コンビニのバイトは大学生のときにしていたけれど、それを本業にしたいかと言われると、ちょっと違う気がする。接客、と言われて思い浮かんだのは、あさひさんと定食屋の夫婦だ。おばちゃんみたいに、常連のお客さんと話したり、旦那《だんな》さんみたいに、何年たっても変わらない味を提供したり、職人技が光る仕事っぷりに憧《あこが》れる。そしてあさひさんみたいに、困っている人や悩んでいる人の役に立ちたいと思う。

ただ、ああいった店はアルバイトは雇っても、正社員の募集は少ないだろうし、どうしたものか。飲食店ではなくても、定食屋やカフェどんぐりみたいな、人の温かさに触れられる場所ならいいのだが。

「とりあえず、接客マナーの本でも買ってみるかな……」

帰り道に行きつけの本屋があるので、寄ることにする。こぢんまりした個人経営っぽい店だが、店員おすすめの棚のセンスがよく、俺好みなのだ。本は重いから帰るとき大変になるとわかりつつも、予定外の本もたくさんカゴに入れてしまう。本との出会いは一期一会だ。気になったらすぐ買っておかないと、タイトルを忘れてしまったり、次に行ったときにはもう売れてなかったりするのだ。

「ふ〜。これだけあればしばらく楽しめるな……」

会計のとき、レジの後ろにポスターが貼ってあったので目を向けた。

【社員募集　書店で一緒に働きませんか】

「こ……これだ！」

俺は思わず声に出してしまう。レジを打っていた白髪頭のおじさんがびくっとしたあと、後ろのポスターを確認する。そして、

「もしかして、面接希望の方ですか……？」

とおそるおそるつぶやいた。名札には、『店長』と書いてある。

「は、はい！」

俺は反射的に、そう答えていた。

「それで、書店員になることにしたんですね？」

カフェどんぐりのカウンターで、あさひさんはとぽぽ……とガラスのティーポット

から紅茶をカップに注いでいる。

決まってみれば、自分が書店で働いている姿がしっくりきすぎて、ほかの職種は考えられなかった。本が好きで出版社まで受けていたのに、どうしてそれまで書店員という選択肢が出てこなかったのかが不思議だ。近くにありすぎて日常となってしまった風景だったから、職場にするイメージがわかなかったのかもしれない。

「はい。そのまま数日後に面接して、店長と本の話で意気投合して……。とんとん拍子に、正社員採用が決まりました。今の会社は来月で退職予定で、今は有給休暇を消化中です」

転職が決まったことを報告したら、親は喜んでくれた。ずっと、無理して働いているのを心配してくれていたらしい。

せっかく新しい生活になるのに、いつまでもわだかまりを残しておけないと思い、「俺がいい会社に勤めていないと、嫌なのかと思ってた」と電話で打ち明けてみたのだが、たいそうびっくりされた。会社名なんてどうでもいい、自分の息子が健康で楽しく働いてくれるのが一番だ、と電話口で代わる代わる説明された。俺の友達をほめていたことに他意はなく、ただ単に世間話のつもりだったらしい。ひねくれた受け止め方をした俺が悪いのに、嫌な思いをさせたことを謝罪してくれた。

「おめでとうございます。お勤めが始まったら、そちらの書店さんに寄らせていただきますね」

あさひさんが、はちみつとショウガ入りの紅茶をこちらに出しながら微笑んだ。

「ぜひぜひ。待ってます」

有給消化中は時間があるので、いろんな書店をまわって売り場の作り方を勉強したり、書店員のSNSをフォローしたり、自分で本のPOPを作ってみたりしている。あとは、書店を舞台にした小説や漫画を読んだりとか。

「今読んでる本も、書店さん関係の本ですか？」

あさひさんが、俺の読んでいる本の表紙を見て、たずねる。

「はい、面白いですよ。実際に、書店員をしながら漫画家をしている人のエッセイで……」

すらすらと、勧める言葉が口から出た。好きなことだったら、こんなに苦労なくだれかと意思疎通できるんだ。

実際に書店員になってみたら、理想と現実の差に落ち込んだり、イメージと違った、と思い悩むこともあるだろう。斜陽と言われている業界だから、自分が勤める店がいつまでもあるとも限らない。けれど、プライドや見栄より、自分らしい働き方、生き方を重視する。それを忘れなければ、今までのようにはならないはずだ。あとは、ちゃんと朝ごはんを食べること。

朝ごはんをしっかり食べているかどうかが、俺が生活に余裕を持てているかどうかのバロメーターな気がする。

「初心を忘れないように、これからもここに通わないとな」

ぼそっとつぶやくと、カウンターに背を向けていたあさひさんが振り向いた。

「なにか言いました？」

「いえ、なんでも」

最近、触れられる距離まで寄ってくるようになったリスが、キュキュキュ、と笑うように鳴いた。

メニュー3　夜勤明けのごほうび朝ごはん

私の将来の夢が決まったのは、小学生のとき。親と一緒に、『風と共に去りぬ』というミュージカルを観に行った日だ。

ステージの上でキラキラとスポットライトを浴びる役者さん、舞台下から聞こえる生のオーケストラ。興奮のカーテンコールと、スタンディングオベーション。

それは、テレビやスクリーンを通して見る演劇とはまるで違っていて、幕間含め三時間の間、私の胸はドキドキしっぱなしだった。すごいすごい、と夢中になると同時に、ある疑問がわき上がった。『実際に役になりきっている役者さんは、どんな気持ちなんだろう』って。歌って、演じて、拍手喝采《かっさい》を浴びた瞬間の快感は、きっとものすごいに違いない。

その日の帰り道、「私は、あの舞台に立つ人になる！」と両親に宣言した。両親はどんな顔をしていたっけ。私が本気だとは思っていなくて「それはすごい」「そうなったらサインもらわなきゃ」などと冗談めかして言っていたように思う。

しかし私の熱意は本物だった。それからというものお年玉やお小遣いをためてミュージカルや舞台を観に行っていた。帝国劇場《ていこくげきじょう》で上演されるようなグランド・ミュージカルはもちろん、小劇場にも通った。そこでわかったのは、劇場の規模と興奮の度合いは比例しない、ということだった。小さな劇場、低予算の舞台でも、熱狂は作れる。私はそれに感動して、より強く『演じる側にまわりたい』と願った。

高校生になったら演劇部に入ろう、やっと舞台に立てるんだ！　とうきうきしていたのだが、私の入学した高校には演劇部がなかった。

がっかりしたが、私は諦《あきら》めなかった。ないなら作ればいいじゃない、と仲良くなったふたりの友達と一緒に演劇部を立ち上げた。私の代はそれ以上部員が増えなかったが、後輩が入ったことによって二年時にはいろんな脚本を演じられるようになった。文化祭でも発表したし、予選落ちだったが演劇の大会にも出た。この一年が、私にとってのキラキラした青春だ。寝ても覚めても演劇のことばかり考えて、仲間と演技について意見を交わし合って。高校を卒業したら養成所に入ってプロを目指そうと決めていたし、周りも当然そう信じてくれていた。

でも――それは、親が許さなかった。養成所なんて入っても、全員がプロの役者になれるわけじゃない。もしなれたにしても、役者だけで食べていける人なんて一握りだ。大学進学か、就職か、どちらかを選ぶようにと、三年生に進級したときに突然宣告された。なんで今さら……と愕然《がくぜん》とする私に、親は「受験生になるころには現実が見えると予想していた。まさか本気で養成所に行きたいと言われるなんて思ってなかった」と告げた。

親も、ずいぶん悩んだのだと思う。うちはそんなに裕福な家庭じゃない。養成所に行くお金を出したのに、私が何者にもなれなかったら。――そんな心配をするのは当たり前だ。使ったお金は無駄になってしまうし、そこから正社員にはなれないかもしれない。私は、親の要求を受け入れ、夢を諦めるしかなかった。

すんなり諦めたわけじゃない。だいぶ反発もしたし、『だったらアルバイトしながら自分で学費を払う！』とも考えたけれど、東京でひとり暮らししながら、学費も生活費も稼ぐのは無理だった。いろんな養成所の学費や、東京の家賃やバイトの時給を調べ、どう計算しても不可能だとわかったときには、泣いた。役者は、最初から恵まれている人しか目指しちゃいけない職業なんだ。音大や医学部と一緒で、実家が太くて協力的でないと養成所には入れないんだ。そのときやっと、十八歳にして、私は現実を理解したのだ。自分がなにも持っていないということを。

大学進学なら国立しかダメだと言われ、そこまで成績がよくなかった私は就職を選んだ。地元の小さな会社に事務員として採用され、入社。自分で稼ぐようになって自由になるお金は増えたから、演劇は趣味として楽しもう。そう割り切った。

しかし、社会人一年目の夏、とある舞台をきっかけに、私の胸にはもう一度火が灯ってしまった。

それは友達に「推しの役者さんが出るから一緒に行こう！」と誘われた舞台で、演目にもなじみがなく、まったく期待などしていなかった。

だから、だったのだろうか。フラットな状態で観ていた私の心に、そのストーリーも演技も奔流となって、『痛い』と感じるほど突き刺さった。脚本がすごいというより、演出が見事だったのだろう。役者ひとりひとりの特性や音楽を、完全に理解した上で活かしていた。どんな人が、演出をしていたのだろうか。

家に帰ってから演出家の名前を調べると、舞台の演出を手がけるかたわら、養成所の講師を務めていることがわかった。その瞬間、今まで抑えてきた気持ちが、ぶわっと外に飛び出した。

この人のもとで、演技を学びたい。あの圧倒的な舞台を、作る側になりたい。どうしても、この養成所に入りたい。

私は、二年間は社会人を続け、貯金をすることに決めた。そうして入学金と授業料を事前に用意しておけば、養成所に通いながらのバイトでも、生活費を稼ぐことはできる。親には内緒にしていたので、急に節約生活を始めた私を不思議な目で見ていた。

そして、一年半後の三月。私は目標額がたまった通帳と、養成所の合格通知を親に見せて、頭を下げた。

「私は絶対、役者として成功してみせる。万が一、役者で生計を立てられなくて、一生バイト生活になったとしても、自分でなんとかする。迷惑はかけないから、養成所に入らせてほしい」

緊張しながら早口で告げる私をじっと見たあと、両親は「知っていたよ」とつぶやいた。節約生活を始めてしばらくして、私の意図に気づいたらしい。仕事を休み、「友達と旅行に行く」と嘘をついて養成所の入所試験に行ったことも、バレていた。

「そんなに前から気づいていたのに、今まで黙っていたの？」

私は、意外な思いで口を開いた。今までの両親なら、知った時点で私を止めているはずなのに。

「そこまでの熱意があるなら、私たちがなにを言っても、采子《さいこ》は実現させるでしょ？　だから黙って見守ろうって、お父さんと決めたのよ」

「むりやり夢を諦めさせた負い目もあったが、采子の本気が伝わってきたから、お父さんたちも考え方を変えたんだ。安定した人生を送らせるよりも、本当にやりたいことをやったほうが、采子にとっては幸せなんじゃないか、って」

「お父さん、お母さん……」

私は、『どうせわかってもらえないだろう』と決めつけて、強硬手段に出た自分を恥じた。もっと早くに、話をしていればよかった。この家で暮らせるのも、あと少しだというのに。

「もう、会社に退職願は出しているんだろう？」

「うん。今月半ばで退職して、四月までは引っ越しや、新生活の準備をするって言ってある」

「住むところも、決めてあるのよね？」

「……合格通知を受け取ったあと、不動産屋に行って、決めてきた。都内は家賃が高くて無理だったから、神奈川に……。鎌倉が近いの」

「がんばりなさいよ。お金の援助はできないけど、お母さんたち、応援してるから」

「うん、ありがとう」

まぶたが熱くなって、私は込み上げてくる涙を我慢した。孤独な戦いでもいいと覚悟していたが、身内の応援があるのとないのとじゃ、こんなに心持ちが違うんだなと実感した。

そして四月になり、新しい生活が始まった。このときの私は、夢と希望に満ちあふれていた。仮面社会人生活を続けていた二年間と違って、ずっと演劇のことを考えていられる。共に役者を目指す仲間たちとの充実した毎日が、私を待っているんだ。

そう、思っていたのだが……。八ヵ月後の私が、まさか演技以外のことで悩んでいるなんて、そのときは考えもしなかった。

暦はもう、十二月。二年あるうちの養成所での一年が、あと三ヵ月で終わろうとしていた。

「ねえ、先生が勧めてたミュージカル、観た？」

養成所での休憩時間。ダンスのレッスン着に着替えた仲間たちが、大きな鏡のある部屋で談笑している。

話題に出ているのは、今東京で公演中のミュージカルだ。音楽も衣装も最高で、勉強になるから生で観ておきなさいと講師の先生が言っていたのだ。

「私この間観たよ～。めちゃくちゃよかった！　みんなも観たほうがいいよ！」

興奮しながらそう返すのは、東京で実家住みのクラスメイトだ。

「えっ、よくチケット取れたね。それに席、高かったでしょ？」

隣にいたクラスメイトが、食いつく。うんうん、とみんながうなずいていた。ミュージカルのチケットは、S席で一万数千円するのが普通だ。

「あ～うち、お母さんも観劇好きだから、知らない間にけっこうチケット取っててくれてて。役者さんのファンクラブとかも入ってるから、いい席取れるんだよね」

さらっと返した言葉に、胸がもやっとする。でもそれを表面には出さずに、「え～

すご～い」とみんなで盛り上がった。

「あ、そうだ。こっちのミュージカルでよければ、親が招待券もらってきたんだけど、だれか一緒に行かない？」

ひらひらとチケットを振っているのは、横浜出身でお嬢様のクラスメイトだ。親が演劇関係者だと言っていた。

「行く！」

タダで話題のミュージカルが観られるのだ。その場にいるほぼ全員が手を挙げたので、じゃんけんで決めることになった。

「うぅ……。ダメだったか……」

早々と争奪戦に負けた私は、ふらふらと部屋の隅に行き、ため息をつく。そこに、一番仲良しの実里《みのり》が近寄ってきた。

「負けた……」

実里もダメだったらしく、肩をがっくりと落としている。

「ドンマイ、私なんて初戦敗退だよ」

ふたりで、「まあしょうがないよね」「行けないのが当然で、誘ってもらえたことがイレギュラーなんだから」となぐさめ合う。でもそうすると、誘う側に立てる子へのうらやましさが口からこぼれてきた。

「でもさ、あの子たち、すごいよね。私なんか、生活費でいっぱいいっぱいで、チケット代なんてなかなか捻出《ねんしゅつ》できないのに」

私は、じゃんけんをしている子たちに聞こえないようなボリュームでつぶやく。いやみっぽくならないように、気をつけながら。

「私も……。バイトと養成所以外どこにも行けないよ。実家住みの子たちとか、家が太い子とか、ほんといいなぁ……」

実里は、みんなの輪を遠い眼差しで見ている。

私たちは共に地方出身でひとり暮らし、経済状況も同じくらいなので、こういった話題もあけすけに話せる。

養成所の中では、生徒の間に明確に引かれている越えられない線がある。それが、お金のあるなしだ。演技やダンス、歌のうまさだったら、努力で近づける。でも、実家が太いとか、親が協力的だとかは、生まれ持ったものだからどうにもならない。一番シビアな部分なのだ。

金銭問題は、養成所に入所するときに問題になるだけで、入ったあとは平等だと思っていた。まさかずっとつきまとうなんて……。

「采子は、まだ鎌倉のバーのバイト、続けるんだっけ」

「うん。かけもちしなくてもギリギリなんとかなってるし」

「お酒飲めると時給高いところで働けるからいいよね。私は成人するまで、コンビニと居酒屋のかけもちかな……」

　実里は私と違って現役なので、まだ十九歳だ。

「男子も大変だよね。警備員のバイトが多いんだってさ……。ホストしている子もいるって噂だけど本当かな？」

「ホストって雰囲気の子はうちにいない気がするけどね」

　大学と違って、卒業しても仕事があるとは言えない世界だ。なので、学費も生活費も全部出してくれるという協力的な親は少なく、多くがバイト三昧《ざんまい》の貧乏研究生。

　貧しい生活だからハングリー精神が育つとか、芸のこやしになると思われるかもしれないが、そんなことはない。演劇に使える時間は多ければ多いほどいいのだ。

　お小遣いに余裕がある子たちは、積極的に観劇に行って視野を広げている。バイトで疲れ切っていると、レッスン中でもうとうとしてしまったり、決められたセリフを覚えてこられなかったり……。情けないけれど、私もそんな失敗をしょっちゅうしている。

　そして、無視できないコンプレックスが、もうひとつ。

「修了公演の『ジャンヌ・ダルク』、実里はどの役のオーディションに出るか決めた？」

一年次の終わりには修了公演、二年次の終わりには卒業公演が三月にある。私たち一年生の演目は『ジャンヌ・ダルク』に決まった。史実をもとに脚色して、ミュージカル仕立てにしてある。年明け早々に役柄のオーディションがあるので、十二月に入ってからみんなそわそわしているのだ。

「私はやっぱり、ジャンヌがやりたい。でもこの身長だし、また男役なんだろうな……」

はーっとため息をつく実里は、身長が百七十センチ以上あり、すらっとした長い手足を持っている。加えてハスキーボイスで顔立ちも凛々しいので、舞台メイクをすると男装の麗人に化けるのだ。そのせいか、レッスン中も男役をやらされることが多い。女子の数のほうが圧倒的に多いせいもあるんだけど。

「男役なら、ジル・ド・レとかの主役級ができるからいいじゃない」

「うーん……。でもやっぱり、私はヒロインを演じてみたいよ。男役だけやりたいなら、宝塚を目指してたし。采子は？」

「私も、希望はジャンヌ。でも実里以上に厳しいかも」

正直、実里の悩みも私にとってはうらやましい。自分のウリというか、個性があるだけいいじゃないかと思う。私は顔立ちも薄く身長も平均的で、街を歩いていたら似ている人に数人はすれ違うといった特徴のなさだ。髪を短く切り、男装をして鎧《よろい》をつけ、戦場に出るジャンヌのイメージとはほど遠い。これも、田舎の高校にいたときにはなかった悩みだ。都会は垢抜《あかぬ》けたかわいい子がそのへんにうじゃうじゃいるので、自分の容姿の平凡さが際だってしまう。ただでさえ、養成所に来て役者を目指すような子は見た目にも気を遣っているし。

「私、ちょっとお手洗い行ってくる」

「はーい。いってらっしゃい」

実里に断ってトイレに行くと、洗面台で女子たちが化粧直しをしていた。ちらっと目をやると、使っているのはみんなデパコス。私もメイクポーチは持ってきたが、中身がプチプラばかりなので広げるのがためらわれた。

個室に入って用を足すが、気が落ちてなかなか立ち上がれない。

「はぁ……。ここでも格差か……」

もとがよい子たちが高級品でお化粧をしたら、かわいいに決まっている。

もっとキラキラな世界を想像して上京してきたのに、実際はみじめな貧乏生活。チケット代を貯めたいから、ほかのことは切り詰めているのだ。食事だってもやし炒《いた》めや半額のお惣菜《そうざい》ばかりだし、服も安いものを最低限で着回している。髪だって、クーポンを探してなるべく安い美容室に行っている。演技のことだけに打ち込みたいのに、生活の心配ばかりで嫌になる。

演技の世界ってやっぱり、お金があって生活に恵まれている人しか目指しちゃいけなかったんだろうか。現実を知った十八歳のときと同じ気持ちになってから、私は重い腰をむりやり上げた。

金曜日の夜なので、『今日は朝までバイトだ！』と気合いを入れ、勤務先の鎌倉のバーに行く。ビルの地下にあって、ビリアード台やダーツも置いているので若者に人気の店だ。広めなので、結婚式やパーティーの二次会で団体様が来ることもある。

鎌倉には、文豪が通っていたという老舗《しにせ》バーも多いが、うちはカジュアルな雰囲気だ。

「采子ちゃん。疲れているようだけど、大丈夫？」

時間もてっぺんを回ったころ。グラスを磨いていると、バーの店長に気遣わしげに声をかけられた。あごひげを生やした、ナイスミドルなバーテンダーである。今日は店長と私、今休憩しているもうひとりのバイトで店を回している。

まずい、疲れが顔に出ているなんて、役者志望あるまじきことだ。

「えっ？　そんなことないですよ～！　全然大丈夫です！」

私は笑顔を作って答えたが、店長は「うーん」と心配そうな顔のまま私を見ている。空元気なのがバレているのかもしれない。

「今日は休憩多めにとっていいから、無理しないようにね。采子ちゃんにはいつもシフト融通つけてもらってるし、倒れられたら僕も困っちゃうから」

「はい、ありがとうございます」

客足は落ち着いているので、戻ってきたバイトさんと入れ替わりで休憩に出る。事務室に入ってひとりになると、「失敗したなぁ～……」と肩が落ちた。

「バイトの前に、気持ちを切り替えたはずなのに、引きずっちゃってたのかなあ……。それとも、寝不足でメイクのノリが悪かったせいで、疲れて見えてる?」

つぶやき、手鏡で確認するけれど、ファンデが崩れていてよくわからなかった。さっと直してから、バッグから水筒とミニバッグを出してパイプ椅子に座る。

スマホでSNSを見ていると、クラスメイトの何人かが、テーマパークでピースしている写真を見つけた。

「あ、これ……」

私と実里も誘われたけれど、『入園料でチケットが買えるじゃん!』と断ったクラスの懇親会だ。

親睦《しんぼく》を深めるなら、舞台を観に行こうよ。小劇場だったらチケットもそんなに高くないし、と提案したのだが、女の子たちは微妙な表情で「でも、息抜きも大事だし……」と言って顔を見合わせた。

私は、遊びにお金を使うくらいなら演技の勉強に使いたいけれど、この子たちは違うんだな、と壁を感じた。その気持ちは、わかる。私も、もし大学生で東京に出てきていたなら、遊ぶことに夢中になっていただろう。でも私は、遊ぶためにお金をためて上京したのではない。どうしても、叶《かな》えたい夢があるのだ。養成所とバイト、生活のための時間以外はすべて、自分の勉強に使う、くらいの意識でいなきゃダメだ。

私はスマホをテーブルの上に伏せて置き、ミニバッグからボールペンと手帳サイズのノートを出した。これは、いつも持ち歩いている『役者ノート』だ。これは演技の参考になりそうだ、と思ったことをなんでも書いておく。

バーでのバイトを選んだ理由も、いろんなお客さんと話ができるからだ。自分の知らない職業や年代の話を聞くことは、役作りの材料になる。面接で、志望動機をそのまま話したら「面白いねえ。僕そういうの大好きなんだよ」と気に入られ、採用につながった。夢を追っている若者を応援するのが好きらしく、ほかのバイトさんたちも、ミュージシャン志望の専門学生など、目標に向かって努力している人たちばかりだ。

「えーっと、今日会ったお客さんは……」

これはいいな、と思った人の話し方やファッション、動作のクセ、好むカクテルなどを書き込んでいく。笑い方ひとつでも、性格によって違う。そういう人間のディテールみたいなものを観察するのが好きなのだ。

ノートにペンを走らせていると、わくわくして体温が上がってきた。やっぱり自分は、演技について考えることが好きなんだ。落ち込んでいても、こうして演技に向き合うと、『楽しい』しか出てこない。

ひととおり書き終えたあと、今回のオーディションで挑む役、ジャンヌ・ダルクに思いを馳《は》せる。見た目が平凡なら、演技でカバーすればいいだけだ。しかし華のある外見の子に比べてオーディションが不利というのは変わりない。ならば私のやることは決まっている。

「少ない時間で効率的に役作りしなきゃ、オーディションは勝ち取れない……よね」

うーん、とうめき、私は頭を抱えた。

「ただでさえ、ジャンヌに感情移入できていないのになぁ……」

オーディションの成否は、どれだけ役作りをしてきたかにかかっている気がする。具体的に言えば、『その役柄として一日を過ごしてみろ』と言われて、違和感のない生活ができないとダメだ。そのくらい、役柄の性格・考え方が身体に染みついていなくては。

私は感覚で演技するタイプではなく、役柄について細かく考え、詰めていってやっと乗った演技ができるタイプだ。ジャンヌ・ダルクについても、歴史の本を読んでみたり、ジャンヌが題材の映画を観てみたりしたのだが……。

神のお告げを聞き、戦場に出て勝利をもたらし、魔女裁判にかけられた結果火あぶりになった少女……というのが、自分とかけ離れすぎてどうしても性格をイメージしづらいのだ。私は無宗教だし、戦争だって経験していない。平凡すぎる自分と、ドラマチックな生涯を送ったジャンヌでは、共通点がない。唯一、歳が近いくらいか。

役作りのときは、読書や映画鑑賞以外にも、取材をしたり役柄と同じことをやってみたりするのだが、似た経験すら難しい。火刑に処された知り合いがいれば紹介してほしいものだ。そんなこんなで、役作りはいつになく困難を極めている。セリフを読んだだけでその役柄の気持ちになれる、と言っていた憑依《ひょうい》型のクラスメイトがうらやましい。そういう人は天才だから、比べても仕方ないのだが。

結局、休憩時間が終わるまで、ジャンヌについて悶々《もんもん》と考えていた。

「休憩ありがとうございました」

カウンターに出ると、店長が近づいてきてこっそり耳打ちする。

「采子ちゃん。あちらのお客様、書店員さんなんだって。本に詳しい人、探してたでしょ？　話聞いてみたら？」

「わ、ありがとうございます！」

店長はいつも、こんな感じで私をアシストしてくれる。とてもありがたい。

「おかわりいかがですか？」

カウンターの上のグラスが空になりそうなタイミングだったので、メニュー表をすっと差し出しながら、二十代後半くらいの男性客に話しかける。スクエアフレームのメガネをかけていて真面目そうな、文庫の小説が似合いそうな人だ。

「さっき店長から聞いたんだけど、役者志望のバイトの子っていうのは……」

「あ、私です」

男性は「ああ、やっぱり」と言ってわずかに微笑んだ。店長は、私の特徴も話していたのだろう。

「なんか、本を探してるんだって？」

「はい。書店員さんなら、詳しいですよね。けど、お話を聞く前によかったら、お酒をお作りしますね」

「ああ、ありがとう。じゃあ、モヒートにしようかな」

書店員さんはメニューを見て、ライムとミントの入ったさわやかなカクテルを注文した。

「かしこまりました」

私はカウンターで、モヒートを作りはじめる。まず、ライムを潰《つぶ》し、そこにブラウンシュガーを溶かす。ガムシロップでもかまわないが、味にコクが出るのでうちの店ではこうしている。そのあとグラスにミント、氷とラム、炭酸水を入れてよく混ぜたら完成だ。

「お待たせしました」

「ありがとう」

彼は酸味のきいたすっきりしたカクテルを、おいしそうにひとくち飲んだ。

「実は書店員にはなったばかりで、そこまで詳しい自信はないんだけど……。もし役に立てるなら。ふだんはどんな本を読んでるの？」

「演技に役立ちそうなものなら、小説でも漫画でもなんでも読みます。今度、ジャンヌ・ダルクが主役の舞台をやるので、フランスに関する本を探していて……」

「フランスかあ。最近読んだ中だと、フランス料理の歴史がわかる本が面白かったな」

「フランス料理……ですか」

思ったのと違う答えが返ってきたので、少し口ごもる。

「料理には、あんまり興味ない？」

「いえ、食べることやおいしいものは好きなんですけど……節約しているので食費は最低限にしていて……」

「えっ、そうなんだ。朝ごはんは、食べてる？」

「朝食は……抜いてます」

　どうして、ピンポイントで朝ごはんについて聞かれたのだろうと疑問に感じながらも、答える。

　実家にいたころは、母に「ちゃんと朝ごはん食べなさい！」と言われていたから従っていたけれど、生活を送る上で必須《ひっす》ではない。昼食、夕食は食べないとお腹が鳴ってしまったり身体が動かなかったりするが、朝食はとらなくても動けてしまう。空腹を我慢するにしても午前中だけだし。なので自然と、食べない生活になっているのだが……。

「僕も、以前は朝食をとらない生活だったんだけど、そうすると仕事のパフォーマンスが落ちてよくなかったんだ。朝食を食べるようにしたら、体調にも気を遣うようになったし、結果効率もよくなったよ」

「そう……ですよね……。わかってはいるんですけど、どうも演劇のこと以外は二の次になってしまって」

　朝食も間食もとらなくなって体重は減ったが、そのぶんメリハリがなくなったので、身体作りが成功しているとは言いがたい。舞台によっては露出の激しい衣装も着るので、筋肉も脂肪もほどよくある、引き締まったスタイルが理想なのだが。

「ストイックになりすぎるのもよくないと思うよ。……そうだ、カフェどんぐりって知ってる？　近くにあるんだけど」

「いえ」

「朝ごはんをおまかせで作ってくれる店なんだ。僕もよく行くんだけど、おいしいものを食べることは人生にとってプラスになるから行ってみるといいよ。予算内で作ってくれるし」

お客さんは財布をごそごそあさり、「あった、あった」とショップカードを渡してきた。バーから駅に行くまでに寄れそうな場所だ。

「ありがとうございます」

お礼を言って受け取ったけれど、行くかどうかは決めかねていた。外食が演劇に役立つとも思えないし。

だけども、バイトが終わって店の外に出た瞬間、お稽古《けいこ》と労働で疲れ果てた身体に冬の厳しい寒さが襲ってきて、どこかで休憩したい気持ちに変わっていた。

「ダメだ……。こんなの、無事に家までたどり着ける気がしない……」

どこかでなにか食べたい。できれば、あったかくて甘いものだとうれしい。

「ふわぁ……」

歩きながら、あくびが出る。出勤前に仮眠はとったけれど、わずかな時間だから眠い。

朝までバイトだったときはいつも、帰ってすぐ寝てしまい、夕方に起きてちょっと活動するだけで、夜また寝る……という無駄な一日を過ごしてしまう。

どこかで本でも読んで、役作りしてから帰りたいが、こんな朝早くに開いているお店は限られている。

お腹を満たして、寒さをしのげて、自分の時間も持てる。そんな場所がひとつだけ、思い当たった。

「カフェどんぐり……」

私の足は、ショップカードで見た地図の方角に向かっていた。

しばらく歩くと、道の途中で立て看板を見つける。

「ここでいいのかな……？」

どうやら、細い脇道を入っていくようだ。朝早すぎて人通りがないから、合っているのかわからないが。

不安な気持ちで抜け道を進むと、いきなり開放感のある場所に出て驚く。

「うわぁ、森だ……」

絵本や童話に出てきそうな、緑に囲まれたカフェ。建物も白くてかわいいし、なんとツリーハウスがある。小さいころ、木のおうちとお人形がセットになったおもちゃに憧《あこが》れていたことを思い出す。このツリーハウスは『おうち』というほど大きくはないが、大人ひとりくらいなら入れそうだ。はしごがかかっているけれど、登っていいのだろうか。

大通りの車の音もここまでは届かず、私が枯れ葉を踏むカサカサという音がはっきりと響く。店舗の玄関前まで行ってから、躊躇《ちゅうちょ》する。

「オープンって書いてあるし、入っていいんだよね……？」

外食が久しぶりだと、入店するのも緊張するんだなあと思いつつ、おそるおそるカフェの扉を開ける。予想通り、内装もかわいかったので、ほうっと息をついた。

「あれ？　だれもいない……」

店員さんが出てくると思ったのだが、人の気配がなかった。大きな観葉植物とテーブルが真ん中にあるので、回り込むようにカウンターまで進んでいく。すると、甘い匂いがふわっと漂ってくる。

鼻をひくひくさせた瞬間、カウンターの奥から、黒いエプロンをつけた店員さんが出てきた。

「あ」

目が、合う。店員さんは気まずそうな顔をしていた。

「おはようございます。すみません、来店してくださったのに気づけなくて」

「あ、いえ……」

頭を下げる店員さんの手には、ほかほかと湯気をたてるカップが握られている。マシュマロが載っているけれど、なんだろう？

私の視線に気づいたのか、店員さんが照れくさそうにはにかむ。

「実は、自分のためにホットココアを作っていたんです。まだあるので、よかったら一緒にどうですか？」

「ホットココア……」

ずいぶん長いこと飲んでいない、甘くてとろりとした飲み物を想像したら、喉《のど》がごくっと鳴った。

「持ってきますね」

絵本の登場人物っぽい、ふわっとした雰囲気の店員さんの名札には、『Asahi』と書いてあった。見た目は二十代半ばくらいで、私とそこまで離れている感じはしないのに、物腰が落ち着いているから、もっと年上に感じる。

「よかったら、カウンター席に座ってお待ちください」

促されるまま腰を下ろすと、カウンターの端にはケージに入ったリスがいた。冬毛だからか、丸くてもふもふだ。

「リス……！」

どこまでメルヘンちっくなのだろう。絵本というか、憧れていたお人形遊びの世界みたいだ。

ケージの中をちょろちょろ動くリスに夢中になっていたら、コトン……とカウンターにぽってりしたカップが置かれた。

「わ、かわいい……」

ホットココアの上には、マシュマロだけでなくホイップクリームとチョコスプレーがかかっている。

「特別にスペシャルバージョンにしてみました」

「あ、ありがとうございます……」

ふーふーとさましてから、カップに口をつける。甘くて温かい液体が喉を通ると、ほうっと身体がほぐれた。

「あったかい、おいしい……」

だれかが作ってくれたココアを飲んだ、それだけのことなのに、目がうるみそうなくらい癒やされた。

あったかいココアのあとに、ひんやりしたホイップクリームが唇に当たる。クリームは甘さ控えめなので、一緒に口に入れても甘すぎず、ココアがまろやかになる。マシュマロも、むにゅっという食感が楽しい。

ココアが載っていたコースターに目をやると、なにか文字が書いてあった。

【bonjour】

ボンジュール。『おはよう』と『こんにちは』を兼ね備えた、フランス語のあいさつだ。ジャンヌの生まれた国なので、軽いフランス語は勉強したのだ。

「甘いもの、お好きなんですか？」

きっと、神妙に飲んでいたからだろう。あさひさんが、自分のぶんのココアに口をつけながら、たずねてくる。

「はい。でも、最近食べていなくて……」

「そうなんですか。ココアも？」

「ココアも……ケーキとか、お菓子も。私、養成所に通って役者目指しているんですが、舞台観劇のチケットが高くて……。捻出《ねんしゅつ》しようとすると、生活がなかなか立ちゆかないんです」

私は自然と、自分の境遇を話していた。この店なら、この人なら大丈夫だと思えたからだろうか。

「もしかして、今もお仕事帰りだったりしますか？」

「はい……。わかります？」

ズバリ当てられて、こういうお店の店員さんは観察眼もすごいんだな、と感心しながら見上げた。

「一日の始まりの朝食と、お仕事明けの朝食じゃ役割が違いますよね。どんなものが食べたいですか？」

スマホで見たSNS、クラスメイトの使っているデパコス、目の前で受け渡されていく高額のチケット。やるせない思いで見つめていたものが、頭の中をかけめぐる。

ストイックにしていても、だれかがほめてくれるわけじゃない。我慢したぶんだけ、『こんなに努力しているのにどうして結果が出ないんだ』って、自分を責めてしまう。そうしてますますがんばらなきゃと切り詰めて……。私は意固地になっていた。カフェを勧められても、なんの役に立つのかと思うくらいに。

『ストイックになりすぎるのもよくない』

書店員さんの、言う通りだった。

「ごほうびに……なりそうなものです」

答えはするっと、私の喉から出ていた。『そうか、私、ごほうびが欲しかったのか』と自分で驚くくらいに。

「ごほうびですね。かしこまりました」

こんなあいまいな注文なのに、あさひさんはにっこりと微笑んで復唱する。よけいなことをなにも聞いてこないのも、ありがたかった。

「ご希望のご予算はありますか？」

「なるべくお安めだとうれしいです……。千円くらいで……」

「かしこまりました。少々お待ちくださいね」

あさひさんがカウンターの奥に消えて、ほうっと息を吐くと、横からカラカラ……という音が聞こえる。

「ん？」とカウンターの端にあるケージに目を向けると、シマリスが回し車の中で走っていた。

「かわいいなあ」

リスを見つつ朝食を待ちながら、私はジャンヌと、その周りの人たちのことを考えてみた。この場所だったら、今までと違う考えが浮かんできそうな気がしたから。

フランスとイングランドの百年戦争。百年も続いていたそれに、フランスの勝利で終止符をもたらした、オルレアンの乙女。ジャンヌは、戦いの間なにを感じていたんだろう。周りの人たちは、ジャンヌをどう思っていたのだろう。

今の医学だと、ジャンヌは統合失調症で、神のお告げは幻聴なのではないかと言われているけれど、そんなことはわからない。本当に、神様の声を聞いたのかもしれないし。実際に、不利だった戦況をひっくり返しているのだから。

彼女は、フランスの人にとってはまさに救世主だったろうけれど、じゃあイングランド側は？　どうして自分の国には神のお告げがないのか、不思議に思った人はいるのだろうか。そういう人にとってジャンヌは、どんな存在だったのだろう。

答えの出ない問題を悶々《もんもん》と考えていると、あさひさんが「お待たせしました」と大きなお盆を持ってきた。

そこに載っていたのは、なみなみと紅茶の入った、ガラス製の大きなティーポットと、クレープが幾重にも積み重なった、おいしそうなきつね色のデザート。

しかし驚いたのは、お店ではピースで並べられているそれが、丸くて大きいままお皿にどんっと盛られていたからだ。

「えっえっ、ミルクレープ、まるごと!? ひ、ひとりぶんですか？」

びっくりして、ちょっと声が裏返った。小ぶりには作られているけど、小さめのホールケーキひとつぶんくらいのボリュームだ。

あさひさんは、いたずらが成功した子どもみたいに、ふふっと笑った。

「そうです。ひとりぶんですよ。お嫌いでしたか？」

「いえ、大好きです！　いつも、まるごと食べられたらどんなに幸せかな～って、思ってたくらいで……」

本当に偶然だけど、ケーキの中では特にミルクレープが好きだ。高校生のころは、よくコンビニで買っていた。スポンジやムースでできているほかのケーキと違って、ミルクレープはうす～いクレープ生地の積み重なりなのでがっつり感が弱く、ひとピース食べ終わっても『もっと……もっと食べられそうな気がする！』と物足りなく感じていたのだ。

「お仕事をがんばったごほうびになるような甘いものがいいと思いまして。それと、喉《のど》も渇いていると思ったので、紅茶をたっぷり。ミルクとレモン、オレンジの輪切りも用意してありますので、一杯ごとに味を変えられます。味が混ざってしまうので、カップもお取り替えしますね」

「ええええ……。すごい、最高です……」

いい茶葉っぽいのに、がぶがぶ飲んでいいなんて。喉や体調のためにもふだんから多めに水分をとっているので、うれしい。節約のために薄く煮出したお徳用麦茶をがぶがぶ飲むのと、美しいティーセットで香り高い紅茶をめいっぱい飲むのとじゃ、同じ量でも気持ちが違う。

「本当に、ごほうびだぁ……」

感嘆のため息と一緒に、素直な言葉が出てくる。

「そんなに喜んでいただけると作ったかいがあります。どうぞ、召し上がってください」

「はい、いただきます」

ホットケーキを食べるときみたいに、フォークとナイフを手に持つ。でも切るのは、繊細なミルクレープだ。つぷぷ……と、生クリームにナイフが沈み込む感覚が気持ちいい。

　四分の一くらいの大きさに切り分けて断面を見ると、薄切りにされたフルーツが層ごとに何種類も挟んであって、なんとも美しかった。

　苺《いちご》、キウイ、桃、バナナ、メロン……。見ているだけで口につばがたまるが、急ぎたいのをぐっとこらえて、お上品に口に運ぶ。

「う〜っ、お、おいし〜……！」

　バタバタと、足が動いてしまいそうなおいしさだ。クリームは甘さ控えめで、果物に酸味があってさっぱりしているから、くどくなくていくらでも食べられそう。

　そして、口の中が甘くなってきたら、紅茶の出番だ。最初は薄切りのオレンジを入れて、オレンジティーにしてみる。

「はぁ〜……。落ち着く〜……」

　なんともフルーティーで、甘いものに合う。ミルクレープには柑橘類《かんきつるい》が入っていないのでちょうどよい。次はレモンティーにしてミルクレープとのマリアージュを楽しみ、最後は食べ終わってから、ミルクティーをゆっくり飲もう。

　こんな楽しみ方ができるのも、紅茶もミルクレープもたっぷりあるから。

　ホッとするカフェで贅沢《ぜいたく》な時間を過ごしていると、みじめな自分がどこかに行ってしまったみたい。今はだれに対しての嫉妬《しっと》もなく、ただひたすらに夢を追いかけていた、昔のような自分が戻ってきている。

　こんな時間を過ごせたら、帰ってすぐ寝てしまっても『今日はいい一日だった』って思える気がする。私に必要なのは役作りの時間じゃなくて、こんなふうにホッとひと息つく時間と、ごほうび朝ごはんだったんだ。今なら、いつもより肩の力が抜けた演技ができるはず。

　ミルクレープの四分の一をたいらげてからは、ケーキのピースのように切ってから食べるのではなく、ホールから直接ナイフで切り分けて口に運ぶという、ステーキっぽいスタイルに変えてみた。これが大正解で、ナイフでサクサク切るときの快感がすごい。そして大きなかたまりをあーんとほおばる満足感もすごい。

　そこから先は、ひたすら食べて、飲んだ。全部食べるのにどのくらい時間がかかったのかわからないが、かなりリラックスした時間を過ごせた。

「ジャンヌ・ダルクも、ミルクレープを食べていたのかな……？」

　ミルクレープを完食し、ミルクティーを飲みながらリスを眺めてぼんやりしていたら、そんなつぶやきが口から漏れた。

　ひとりごとのつもりだったのだけど、あさひさんが拾って返事をしてくれる。

「ミルクレープは、フランスじゃなくて日本発祥なんですよ」

「ええっ、そうなんですか？」

ミルフィーユがフランスのお菓子だから、てっきりそうだと思っていたのに。ナポリタンと同じで、和製の洋食だったのか。

「そもそも十五世紀くらいのフランスって、ケーキはあったんでしょうか」

あさひさんが食の知識に詳しいと踏んで、質問してみる。

「砂糖が手に入りやすくなったのはここ二、三百年の話ですから、そのころだったらはちみつを代用していましたね。それでも、甘味は貴重だったはずです。紅茶やコーヒーも、まだなかったんじゃないでしょうか」

「そうですよね……」

ジャンヌは、いくら戦場で戦って疲れていても、ごほうびに甘いものを食べたり、お茶を飲んだりなんてできなかったんだ。でもきっと、たまにはお城に招待されて、ごちそうを食べたりしたはずだ。そこにはちみつを使ったデザートがあったら、年頃の女の子らしく喜んだに違いない。

その姿を思い浮かべた瞬間、ジャンヌと私の間にあった壁が、崩れた気がした。

ああ、そうか、そうなんだ。ジャンヌを遠い時代の人だと思っていたけれど、そうじゃない。彼女だって、毎日ごはんを食べ、甘いものに喜ぶ、普通に生きていた少女だったんだ。聖人になろうとか、大きなことを成し遂げようとか思っていたわけじゃなくて、自分の国を守ろうとしていたら、いつの間にか大きな波に呑《の》み込まれていた。

友達だって、好きな人だっていたかもしれない。戦場に行くのが怖かったりもしただろう。

「そうか……おんなじなんだ……」

歴史上の人物だって、生まれたときから偉人だったわけじゃないのだから。

そうしたら、イングランド側の人物だって同じだ。ジャンヌがフランス側だから敵国として描かれているけれど、彼らも自分の国を守ろうとしただけなのだから。

「悪役じゃ、ないんだ」

役者ノートとペンを出して、気づいたことを書き留める。あとからあとから考えがわいてきて、ページが文字でいっぱいになった。

ふう、とひと息ついたら、もう空になっていたミルクティーのカップが取り替えられ、新しい紅茶が注がれていた。

「えっ、いいんですか？」

驚いてあさひさんを見上げると、「どうぞどうぞ」と明るく勧められる。ならば、ありがたくいただこう。

「あ、この紅茶もおいしい……」

さっきのとはフレーバーが違っていて、バニラっぽい香りがした。あさひさんの仕事が細かくて感動する。演技も同じだ。人を感動させるには、細かいところまでこだわって完成度を上げないといけない。今まではどうすればいいのかわからなかったけど、やっと自分なりの役作りのやり方がわかった気がする。

「ごちそうさまでした」

カップが空になる。もう充分、ここでの時間を堪能《たんのう》したので、私は席を立つ。

「カフェに入ったのも久しぶりだったんですが……悩みがふっきれたような気がします」

お会計しながらそう伝えると、あさひさんは「ありがとうございます」と頭を下げた。そのあと、扉まで見送ってくれる。

「いってらっしゃいませ」

「はい、いってきます」

来たときと同じく枯れ葉を踏みしめながらガーデンと脇道を抜けて、いつもの鎌倉の街を、いつもとは違う足取りで歩く。みんなにとっては新しい一日の始まりだけど、私にとっては長かった一日の終わり。そして今日から、少しだけ変われる気がした。

それから私は、ジャンヌが生きていたころのフランスの料理を調べてみた。といってもあんまり記録に残されていないので、いわゆる『フランス料理』が広まったその後の時代も。ついでに、敵国のほうのイギリス料理も調べる。同じヨーロッパでも国によってまるで特色が違うのが面白い。簡単そうなものは、自分でも作ってみた。スーパーで値引き商品以外を買うのも、久しぶりだった。当時のものを食べることで、実際にその時代の人になったような気分になれる。そして、同じ人間なんだと認識させられる。宗教とか、戦争に対する考え方が異なっていても、『おいしい』と思う気持ちは一緒なんてすごい。

そういう生活を送っていると、少しずつ演技にも変化がでてきたみたいだ。即興劇の授業のときも、めずらしく先生に『動きがいい』とほめられた。自分の役を、『どんな食べ物が好きなのだろう』から想像してみたら、どんどんディテールが固まってきたから、自然に動けたのだ。実里には、「采子、急にどうしたの⁉なにか、すごいワークショップにでも行ったの？」と聞かれたので、料理を工夫していることを教えた。実里は「ちゃんとごはん、食べるようになったんだね！」と涙ぐんでいた。私の節約生活は、友達にまで心配をかけていたなんて。

再来店した書店員さんにもカフェどんぐりに行ったことを伝えると、「この前より表情が生き生きしている」とほめられた。男性にほめられる経験なんてなかったから、ちょっと顔が熱くなった。

自分には『ごほうび』の時間が必要だとわかったので、バーのバイトが朝まであった日は、カフェどんぐりに寄っている。やはり甘いものが欲しくなるので、役作りもかねて外国の甘い朝ごはんという注文をしている。

フランスの甘い朝ごはんのときは、パン・オ・ショコラとタルティーヌ、カフェオレ。クロワッサンでチョコレートを包んだパン・オ・ショコラは温めてから食べるとチョコが溶けて特別な味になるし、バゲットに何種類ものジャムやバターをたっぷり塗ったタルティーヌをカフェオレに浸すと、目の前にシャンゼリゼ通りが見えた……気がした。

イギリスの甘い朝ごはんは、マッシュポテトと小麦粉で作ったタッティスコーン。それに、普通のスコーンとは違い、平たいパンケーキみたいな生地でもちもちしている。それに、バターやはちみつ、メープルシロップをかけて食べるのだ。オーツ麦を牛乳でやわらかく煮たポリッジに、甘みをつけてフルーツをトッピングしたものも食べた。日本でいうおかゆのようなものだそうだ。イギリスの子どもは、風邪を引いたときに甘いごはんが食べられるのか……とちょっとびっくりした。

そして今日は、『外国の甘い朝ごはんで、今までに食べたことのないもの』という無茶ぶりをしたのだが、あさひさんはバッチリ答えてくれた。

「ラツーシュキという、ポーランドの朝ごはんです」

それはりんごの入った小さめのパンケーキで、優しい甘みだった。たっぷりのバターで焼いているので、りんごとよく合う。

「甘みが足りないときは、どうぞ」

と、はちみつとゆるく泡立てた生クリームを添えてくれたので、味変して何枚も食べられた。

食べ終わったあとは、台本か参考文献を読んで役への理解を深める時間だ。そうして、二時間くらいたっぷり滞在し、家に帰る。今までは帰ってすぐに寝ていたが、朝ごはんで目が覚めたおかげか、シャワーを浴びて掃除をする余裕くらいある。今までは疲れるだけだった朝までバイトの日が、『特別なイベントの日』に変わった。その日どんなにレッスンで失敗して、バイトでくたくたになっても、おいしい朝ごはんを食べて一日を終えれば、嫌だったことが全部帳消しになる。それはごはんが持っているすごい力だなあ、と実感する毎日だ。

そういう日々を過ごしているうちになにもイベントのないクリスマスが過ぎ、年末になったので、私は実家のある茨城に帰省する。ちょうど高校時代の友達も帰省していたので、大晦日《おおみそか》に演劇部の仲間三人で集まることになった。部長兼シナリオ係の私、衣装係の真理《まり》、大道具&小道具担当のゆっきーだ。部員が足りていないので、みんな役者をしながら裏方の作業もやっていた。ふたりに会うのは、夢が再燃したあの舞台以来だ。お金を貯めるのに忙しくなるから会えなくなる、と説明していたが、ほかにも会いづらい理由があった。

あのころよく寄っていた高校近くのファミレスに入って、座席をきょろきょろと見回していると、「采子、こっち！」とゆっきーから声がかかった。そちらを見ると、窓際の席に座ったふたりが手を振っている。

「お待たせ〜、久しぶりだね！」

いえ〜い、と手を合わせながらふたりの向かいに座る。ノリが高校生のときのままで安心した。

「まあまあ、積もる話の前に注文しよう」

とサバサバしたゆっきーが場を仕切ってくれる。

「うん。あっ、まだギリギリモーニングの時間帯なんだね。私この、オムレツのモーニングプレートにしよう」

メニューを見ながらうきうきした声を出すと、真理が首をひねった。

「えっ、モーニング？　ランチセットじゃなくて？」

「うん。最近、カフェで朝ごはんを食べるのにハマってて」

へー、と感心したような表情のふたり。

「そういえば私は、外で朝ごはんって食べたことないな……。私も、イングリッシュブレックファストのプレートにしようかな」

「え〜！　じゃあ、私も私も。フレンチトーストのプレートにする」

ゆっきーが私に続くと真理も便乗し、三人で違うモーニングを頼むことになった。

ドリンクバーを取りに行き、みんなの近況報告が始まる。いきなり真理が「彼氏ができた」と爆弾発言をするものだから、その話でもちきりになった。

「もう、私の話はいいってば。それより、采子の話聞かせてよ。養成所ってどんな感じなの？」

「ああ、うん……。えっとね」

どう説明しようかまごついている間に、店員さんが注文の品を運んできた。一気にテーブルの上が華やかになる。

「わ〜、豪華！　ふだん家ではこんな朝ごはんなんて食べないから、新鮮だね」

ふたりはきゃっきゃとはしゃいでいる。私は、ファミレスのモーニングでも千円くらいはするのに、同じくらいの値段であんなに食べられるんだから、カフェどんぐりってかなり良心的なのでは？　と考えていた。

「このパンふわふわでおいしそ〜」

真理が、厚切りの食パンを指さす。メニューを見ると、英国風パンと書いてあった。

「なにが英国風なんだろう……。調べてみよ」

気になったので、スマホを取り出して検索する。

「あ、山型の食パンをイギリスパンって言うんだって。知らなかったな」

ついでに説明すると、ふたりが目を丸くしていた。

「采子、わざわざ調べてえらいね」

「うんうん。私、気になることがあっても『あとで調べよう』ってなって、結局忘れちゃうの」

ささいなことをほめてもらったのが照れくさく、「いやいや、私もいつもはそうだよ」と手を横に振って謙遜《けんそん》する。

「修了公演の演目がジャンヌ・ダルクに決まって、それでフランスとイギリスの食文化に興味が出てきたから」

理由を話したら、今度はふたりが前のめりになった。

「えっ、修了公演⁉　いつやるの？」

「そういうことは早く言ってよ！　行きたい行きたい！」

「ゆっきーとふたりで行くよ！」

私は、ふたりの反応に驚いてぽかんとしていた。

「えっ……。来てくれるの？」

「当たり前じゃん！」

「誘わないつもりだったの？　薄情だな〜」

冗談めいた口調だけど、ゆっきーの表情は本当に寂しそうだったので、焦る。

「いや、そうじゃなくて……。私、一度社会人になってから養成所に入ったでしょ？　就職したときに、がっかりされたと思っていて……。あれだけ、役者になるって周りに言いふらしていたのに」

慌てて、言うつもりがなかったことまで白状してしまった。

『あっヤバい。こんなこと言ったらそれこそ引かれる』と一瞬冷や汗をかいたのだが、ふたりは「はあ？」と驚いたような、怒ったような表情になった。

「なに言ってるの!?　逆だよ！　やっぱり夢を諦《あきら》められないからチャレンジするって言ったとき、本当にすごいってゆっきーと褒めてたんだよ」

「そうそう。私たちは演劇を仕事にするだけの熱意も実力もなかったからさ。友達の中で演劇方面に進む子がいるなんて、めっちゃ自慢じゃん～って思ってたよ」

すごい？　自慢？　想像もしていなかった言葉がふたりから飛び出す。

「じゃ、じゃあ、私が勝手に気にしてただけ？」

私が友達を避けていたのは、思い込みが原因だったのか。

「そうだよ。会ってくれない間寂しかったんだから。でもゆっきーとさ、采子は今大変な時期なんだから、見守ろうって話してて」

「うんうん。だから今日は、会ってくれてほんとにうれしかったんだ」

「ごめん……。私も、今日ふたりに会えてよかった」

なんだか、じわっと胸が熱くなってきた。『なんでこんなにいい友達を粗末にしていたんだ。バカバカ』と過去の自分を殴りたい気分だ。

「それに采子はさ、生活費も自分で稼いでるんでしょ？　私は親に仕送りもらってて、バイトはお小遣い稼ぎくらいだけど、それでも働くのって大変って思ったよ」

真理が、しんみりとつぶやく。

「わかる～。うちはさ、国立大だから、親に仕送りもらえなくて生活費は自分で稼いでいる子も多くてさ……。でも、学費は仕送りとか奨学金とかで、そこまで自分でまかなってる子はいないもん。采子はすごいよ、ほんとに」

「いや、そんな……。就職の保証もない好きなことをやってるんだから、当たり前っていうか」

否定しながらも、感動で泣きそうになっていた。お金がないことに劣等感を持ちながらも、耐えて節約生活をしていたこの一年がむくわれる気がした。ふたりの言葉を、実里にも聞かせてあげたい。

「修了公演のチケット、送るね。いい役とれるかまだ、わからないけど」

さりげなく洟《はな》をすすって、目尻《めじり》ににじんだ涙をぬぐったが、ふたりにはバレていないだろうか。こんなことで泣くようなキャラじゃないから、恥ずかしい。

「楽しみにしてるね！　オーディションがんばって！」

「采子なら大丈夫！　なんかキラキラしてるもん、今日」

「私も思った！　雰囲気が大人っぽくなった気がするよ」

「ふたりとも、ほめすぎだから！　もー、顔熱くなってきちゃったじゃん」

しばらくふたりにからかわれたあと、目の前のモーニングにやっと気づいた。

「あ、うちらモーニング食べるの忘れてるじゃん」

「もう、お昼前になっちゃったけどね」

「食べよ食べよ！」

さめてしまったけれど、オムレツもふかふかパンもオニオングラタンスープも、どれもおいしくて一気に食べる。ファミレスだから……と軽く見ていたのが申し訳なくなるくらいだ。家族旅行でホテルに泊まったときに食べた朝食バイキングのような高級感がある。

「おいしい。高めかなって思ったけど、このおいしさなら納得」

「モーニングを外で食べるって、いいね。なんか特別感がある」

「私も、大学行く前にモーニング、やってみようかなあ」

「私もやってみる。ファミレスでも喫茶店でもいいよね」

「あーあ、三人とも別々の県だからな～。近かったらまた、一緒にモーニングできるのにね」

残念そうに、口をとがらす真理。

「今度会うときに、朝から集まればいいじゃん。モーニングやってるお店、調べておくよ」

ゆっきーがそうなだめ、今度はもっと頻繁に集まろうと約束する。

結局私たちは夕方まで、デザートを追加し、ドリンクバーを何杯もおかわりしながらしゃべり倒した。自分の話もたくさんして、ふたりの話もたくさん聞いた。二年弱の間で、話したいことがこんなにたくさんたまっていたみたいだ。

帰るのは名残惜しかったけれど、大晦日《おおみそか》なので解散する。

家に帰ったあと、ふたりの言葉を思い出してボロボロと泣いてしまった。くだらないプライドと見栄で友達を避けていたことが申し訳なくて、それなのに見守ってくれていたふたりの友情がありがたすぎて。

「私……絶対、いい女優になる。真理とゆっきーが、将来自慢できるような」

つぶやき、涙と鼻水をぬぐう。決意表明だ、とスマホを出して、内容をそのままふたりに送った。すぐに既読がつき、『がんばれ！』『応援してる！』と返事がきた。

目が赤いまま年越しそばを食べたけれど、両親はなにも言わずにいてくれた。その後、家族で歌番組を見て、除夜の鐘を聞きながら年越しをし、新年の誓いをぎゅっと胸に抱えて眠った。

のんびりできたお正月も終わり、授業が再開されるとすぐ、オーディションが始まる。主役のジャンヌの希望者は多く、うちの学年で一番容姿に華のある子も希望しているので、『私が選ばれることはないな』と逆にリラックスして臨めた。

「采子のジャンヌ、すごくよかったよ！　なんというか……ちゃんと人間なんだなって思った。ほかの人のジャンヌより身近に感じられたよ」

終わったあと、実里にほめられたのは素直にうれしかった。やっぱり、自分が役柄を身近に感じていると観る人にも伝わるのだとわかった。

「ありがと。実里のジャンヌはすごくかっこよかったよ」

と、ここまではよかったのだが、予想外なのはここからだ。オーディションでは、自薦、他薦で出た候補に役柄を演じてもらうのだが、先生から意外な他薦があったのだ。

「采子。お前、イザボーやってみろ」

「えっ？　私ですか？」

イザボー役のオーディションがひととおり終わってからの唐突な指名に驚く。他薦の場合は事前に申告して、生徒にも準備してきてもらうものなのに。

イザボーはイングランド側の王妃で、『フランス史上随一の悪女』と言われている、典型的な悪役だ。この役は貫禄《かんろく》と演技力のある人がやってこそ映えるので、自分が指名されることなんてないと思っていた。

「そうだ。できないのか？」

先生の口調は、私を試しているように聞こえた。目の前にいるこの人が実は、私を再び演劇の道に引き込んだ演出家その人なのだ。そして修了公演の演出も担当している。今ずらっと座っている先生たちの中でも一番、役柄の決定に大きく関わっている。

「……いえ、できます」

イザボーのセリフは少し練習しただけだが、イザボーの役柄については考えていた。悪役だけど、そうじゃない普通の『お母さん』であり『女性』だった部分もあるんじゃないかと。

ドキドキしながらこなした演技は、悪女に人間らしい部分の入った、迷いのあるものになってしまった。これはきっと、演出側が求めるイザボーではないだろう。

「よし、わかった」

演技が終わったあとの先生のコメントはその一言だけだったので、私はイザボーも落ちたのだと思っていた。なので、オーディションの数日後、配役が発表され、イザボーのダブルキャストのうちのひとりに選ばれたとき、私は一瞬聞き間違いかと思った。

もうひとりのキャストは、長年社会人をやってから養成所に入った三十代の女性で、王妃っぽい貫禄のある人だったからよけいに。場も一瞬ざわついていたし、実里も「えっ、采子が？」と目を丸くして私を凝視していた。祝うよりも先に戸惑いが来たのは、だれにとっても予想外だったからだろう。

「先生、待ってください！」

発表のあと、レッスン室を出ていった先生を追いかける。先生は、私が来るのがわかっていたような表情で振り向いた。

「なんだ？」

「どうして私がイザボーに選ばれたんでしょう。見た目に華があるわけじゃないですし、演技だって……」

特に秀でているわけじゃないのに、と自分で言うのは苦しくて、言葉を濁した。

先生の鋭い目が、私を見つめる。役者としても活躍する先生の視線は迫力があってたじろぎそうになったが、負けずにじっと見つめ返す。

すると先生は、腕を組んでだらけたポーズを取り、「まったく……」とため息まじりにつぶやいた。

「采子のイザボーだけ、『悪女』以外の部分が見えたんだ」

「え……」

「ジャンヌの演技のときに、聖人や偉人ではない『普通の少女』の面が見えたんだ。それで、イザボーをやったらどうなるのかと、試してみたくなった。まあ、演技はブレブレだったが、お前が目指している方向性はよくわかった。そのイザボーを、育てたくなったんだ」

「そうだったんですか……」

オーディションのときは、不完全でもいい。その先を見てみたい、と思わせる演技を、私はできたんだ。それがものすごくうれしくて、顔がにやけそうになる。

「というか正直、ダブルキャストだし、どっちかひとりは挑戦したほうが面白いかと思ってな。同じタイプをふたり持ってきても面白くないだろう？」

「挑戦……」

先生にとっても挑戦なんだ、ということに驚く。その挑戦を、私と一緒にやってみたいと思ってくれたんだったら、こんなに光栄なことはない。私はこの人の期待に応えたい。

「観客にがっかりされないように、ちゃんと完成度を上げておけ」

「はい」

しっかりうなずくと、先生は「それとな」と自分の頭をかいた。

「容姿が役柄と違っても、演技でいくらでもオーラがあるようには見せられるんだよ。お前が憧《あこが》れている俳優だって、メイクをとって舞台を下りたらただの人だぞ」

私は、驚いて目をみはった。悩みを先生に話したことはないのに、見透かされていたなんて。

「いいか。悪役は主役よりも大きく見せないといけないんだ。身長はヒールで伸ばせるが、雰囲気はそうはいかない。本番までに、つかんでおくんだぞ」

「は、はい！」

先生はくるっと踵《きびす》を返すと、後ろを向いたままひらひらと手を振って歩いていった。

「くそう……かっこいいなぁ……」

その姿が様になりすぎて見とれてしまう。まるで廊下が舞台の花道のようだった。

そんな尊敬する先生がくれたチャンスなのだから、きちんと役を自分のものにできるよう、がんばろう。ざわついていたクラスメイトたちが認めてくれるように。

レッスン室に戻ると、最近できた話題のカフェに行こうと、クラスメイトたちが盛り上がっていた。実里もその輪に入っていたので、申し訳なさそうに私に目配せする。

「あ、采子ちゃん、よかったら……」

天然な子が空気を読まずに私を誘うと、姉御肌の子に「こら」と小突かれていた。

「誘ったら悪いでしょ。采子ちゃんは、お金ためてるんだから」

そうだよね……と周りもうなずく。自分とみんなとの間に一線を引かれて、胸がチクッと痛む。でも、こういう状況を作ったのは自分自身だ。だったら、勇気を出すのも私からでなきゃ。

「あの……、私も行っていいかな。実は節約もほどほどにしようと思ってて」

いろんな経験をするのも勉強だ。そう考えたら、テーマパークでだって学べるものはあっただろうと、断ったのを後悔していたのだ。

私が申し出ると、みんなは意外そうに目を丸くしてから、笑顔になった。

「やった～！　やっとクラス全員で、親睦《しんぼく》会ができる！」

「采子ちゃんと実里ちゃんが来てくれるの、ずっと待ってたんだよ！」

「えっ、そうだったんだ」

今までそっけなくしていたのに、無邪気にはしゃいでくれるクラスメイトたちがありがたくて、私と実里は顔を見合わせる。

今日は金曜日。バイトのあとはカフェどんぐりに行って、女王様のような朝ごはんを注文しよう。そしてそれを、イザボーらしく食べるのだ。悪女と謳《うた》われた彼女は、どんな食べ物が好きで、どんな朝を過ごしていたのだろう。それを想像していくのが、今から楽しみだ。

メニュー4　ぼくが作った父の日朝ごはん

四月に小学五年生に進級して、一ヵ月がたった。高学年だし、週に一回のクラブ活動も始まるし、家庭科の授業だってあるし、去年よりだいぶ大人になった気がする。クラス替えでは、いとこのよっちんと同じクラスになった。同じマンションに住んでいるので、赤ちゃんのときからずっと、兄弟みたいに仲がよいのだ。

「すげー。家に帰ってからだけじゃなくて、休み時間も遊べるじゃん」

よっちんは興奮していた。最近ふたりでハマっている、ゲームブックを使うゲームが毎日できるじゃん、と喜んでいた。カードゲームなんかと違って、本しか使わないので、学校に持っていっても怒られない。ほんとはサイコロも必要だけど、そこはえんぴつに番号を振って代用している。

「でもさー、休み時間に教室にいると、校庭で遊べって先生に言われるじゃん」

「じゃあやっぱり、放課後だけか〜。でも、あんまり時間ないんだよなあ。土日も、おれは習い事があるし……」

学校が終わってから、お父さんが帰ってくるまでよっちんの家で待たせてもらうけど、そんなにたくさんの時間はない。おばさんが、「宿題を先にすませるように！」と言って見張ってくるし、よっちんの妹も「いっしょにあそぶ」とせがんでくる。ぼくらにしかできない遊びをしていると、すねて泣くのだ。

「それでも、だいぶ進むよ。今週にはもう、今のシナリオクリアできるかも」

ぼくたちのやっているゲームはTRPGといって、ひとつのシナリオをクリアするのに何日もかかる。大人は丸一日かけて終わらせるんだけど、子どもにはそんなことできない。昼間ずっと遊んでいられる土日だって、習い事や塾や、家族でのお出かけなんかがあるから、友達と毎週遊べるわけじゃないのだ。

このゲームはけっこう頭を使って難しいので、クラスでやっているのはぼくとよっちんだけだ。みんなはもっと、カードゲームとかテレビゲームとか、そういうのにハマってる。だから先生にも、「ゆうたくんとよしはるくんは、難しい遊びができてすごいね」ってほめられた。

最初は、お父さんに教えてもらったんだ。おじさん――よっちんのお父さんがうちに遊びにきたときに大人ふたりでやっていたから、「ぼくも入れてよ」って頼んだ。難しいから無理じゃないかっておじさんは言ったんだけど、お父さんが「いや、ゆうたならできる」って教えながら遊んでくれた。

ぼくは覚えるのが早くておじさんに感心された（よっちんには、ぼくがわかりやすく教えてあげたんだ）。

「ゆうたはかしこいな。お母さんがいなくてもしっかりしていて、えらいな」

お父さんは、目を細めながらぼくを見て「そうだな」ってうなずいた。

「最初はどうなることかと不安だったけれど、ゆうたのおかげでなんとかなっている」

ってほこらしげに話す。

そう、今、ぼくの家にはお母さんがいない。お母さんは『研究職』をしている立派な博士だ。今までは国内の研究所に勤めていたんだけど、数年間、海外の研究所に出向することになったんだ。これが、半年前。

お父さんは自分の仕事があるし、ぼくは転校したくなかったから、お母さんは単身赴任することになった。よっちんのお父さんとお母さんが「うちが協力するから、安心して行っておいで」って言ってくれたのが決め手だったと思う。

でも、全然寂しくないよ。お母さんは毎日、パソコンにメールをくれるし、週末には必ずテレビ電話で近況報告をする。夏休みにはぼくが飛行機に乗って、お母さんに会いに行くって約束してるしね。海外に一週間以上も滞在するんだ。すごいでしょ。

お父さんは、お母さんと同じ『研究職』だけど、研究所じゃなくてメーカーに勤めている。土日にお仕事が入ることもあるけれど毎週じゃないし、お休みの日はいろんな場所に連れていってくれる。博物館とか、大きな本屋さんとか、ぼくもお父さんも好きなところ。優しいし、お料理だって洗濯だってできる。もともと家事は、お母さんとお父さんで分担していたし。

だからぼくは全然、『大変』じゃないし、『かわいそう』でもない。勉強は得意だし、運動だってそこそこできるし、友達だって多いし。クラスのみんなを見ていると『子どもだなあ』って思うくらい、大人っぽくてしっかりしている。けっこう、幸せなほうなんじゃないかな。女子に告白されたことだってあるしね。

だから、お父さんがぼくを信頼して、朝ごはんをまかせたのも、当然のことなんだ。だれも、ひどいなあって思わないでほしい。

お父さんは、ちょっと前——ゴールデンウィークが終わったあたりから、忙しくなった。『新しい研究』が『佳境』なのだそうだ。夜遅く帰ってくるのは無理だから（よっちんの家に迷惑がかかるから）、朝早く行って仕事をするしかない。なので、ぼくがまだ寝ているうちに家を出るようになった。

「朝ごはん、ひとりになっちゃうけど、食べられるよな?」

って、パパに聞かれた。ぼくはもちろん、「うん」って答えた。

「準備してから出かける時間がないから、自分でパンを焼いて食べてほしい」

って言われたときも、「まかせてよ」って胸を張った。だって、今までだって自分のパンは自分で焼いていたし。ジュースをコップに注いだり、ジャムを塗ったりするのだって、全部自分でできるし、なんにも問題ないと思った。お父さんみたいにソーセージを焼いたり、フルーツを切ったりはできないけど。ただ、テーブルの向かいに座っているお父さんがいなくなって、ひとりになるだけだ。って、最初は思っていたんだ。

でも、実際にひとりで朝ごはんを食べてみたら、全然おいしくなかった。おんなじパンを、おんなじトースターで焼いているのに、おかしいよね？　でも、本当にそうだったんだ。最初のうちは無理して食べていたけど、毎日毎日、むりやりパンを飲み込むのにも、飽きちゃった。だから、そのうち朝ごはんを食べなくなった。

でもね、お父さんって鋭いんだ。

「ゆうた。パン、減ってないんじゃないか？」

って聞かれたときには、ドキッとした。ぼく、とっさに、

「え？　あー、シリアルを食べたから」

って嘘をついた。

「そっか。シリアルでもパンでも、好きなほうでいいからな」

お父さんはホッとした顔をしてた。

ぼく、お母さんが単身赴任を始めたころ、ごはんが食べられなかった時期があるんだ。急に環境が変わって、心と体がびっくりしちゃっただけなんだけど。慣れたらすぐに治ったしね。でもお父さんは、今でもそれを気にしていて、ぼくのごはんに敏感だ。朝ごはんを食べていない、なんてバレたら、心配でお仕事をやめてしまうかもしれない。ぼくはお父さんに迷惑をかけるのは嫌だった。

なので、どうにかしなくちゃダメだ。シリアルも減っていないことに、お父さんはそのうちに気づくだろう。そうなったらぼくはもう、言い訳ができない。

でも、やっぱり今日も、朝ごはんは食べられなかった。

「じゃあ、次、ゆうたくん」

二時間目の国語の時間。ひとり一段落ずつ音読する順番が、ぼくにまわってきた。

立ち上がって、教科書を持って読もうと思ったんだけど、急にくらっとめまいがした。

「う……」

ぼくが机に手をついたから、担任の先生がびっくりして飛んできた。

「どうしたの？　大丈夫？」

「うん……」

うなずいたけど、あんまり大丈夫じゃなかった。頭がくらくらする。

「顔色が悪いから、貧血かもしれないね。先生、ゆうたくんを保健室に連れていくから、みんなは教科書を読んで静かに待っていてね」

ぼくは先生の腕につかまって、保健室まで行った。

「ゆうたくん。気持ち悪いとか、めまいがするとか、あるかな？」

保健室の先生は、ぼくを椅子に座らせると、優しく聞いた。

「ちょっと、気持ち悪い」

そう言うと、保健室の先生は、ぼくの下まぶたをめくって、色を見ていた。

「貧血みたいだねえ。朝ごはんは食べてきたかな？」

「……うん」

ぼくはまた、嘘をついた。だって、朝ごはんを食べてないって言ったら、ぼくじゃなくてお父さんが怒られるかもしれないって思ったから。

「じゃあ、寝不足かな？　昨日はちゃんと眠れた？」

「あ、昨日、夜更かししたかも」

「そっかあ、もしかしたらそのせいかもしれないね。ちょっと保健室で寝ていきなさい」

「はい」

ぼくは、保健室のベッドに寝転がった。昨日、いつもより夜更かししたのは本当だけど、三十分くらいだし、今まで具合が悪くなったことはない。だから、夜更かしが原因じゃないってわかっていた。

でも、二時間目が終わるまで寝ていたぼくの気分は、マシになっていた。

「ゆうた！　大丈夫だった？」

教室に戻ると、よっちんが一番に声をかけてきた。

「全然へーき。夜更かししたから、気持ち悪くなったみたい」

ぼくはピースしたんだけど、よっちんは「うーん、でもさあ……」と暗い顔をしていた。

「ゆうた、最近、午前中ぼーっとしてるとき、多くない？」

「え、そう？」

「なんか、しゃべってても、前と違うっていうか……。元気がなさそうっていうか……」

「ううーん。気のせいじゃない？」

ぼくはとぼけてみたけれど、『ヤバい。よっちんってこんなに鋭かったんだ』ってドキドキしてた。

「そうかなあ。病気とかじゃ、ない？」

よっちんの妹がぜんそくで、ひどいときには入院をするから、よっちんは『病気』

をとても心配している。

「ないない！　だってぼく、元気だし」

「それなら、いいんだけど……」

朝ごはんを食べられないのは、病気とは違う。でも、貧血は病気だから、あんまり毎日気持ち悪くなっていたら、お父さんに連絡がいくかもしれない。

一晩中、その心配をしていたら、やっぱり今日も朝ごはんが食べられなかった。

登校していると、通学路の途中――『カフェどんぐり』という看板のあるところで、店員さんがほうきで掃除をしていた。

「おはよう」

先に、店員さんが挨拶《あいさつ》してくる。『近所の人には元気な声で挨拶しましょう』って言われているけれど、大人に先に言われたのは初めてだ。

「おはようございます」

店員さんは、にこにこ顔のままぼくをじっと見てくる。なんか、観察されているみたいで嫌で、ぼくはうつむいて通り過ぎようとした。でも……。

「朝ごはん、食べていないんだね」

すれ違うときに声をかけられたから、ぼくはバッと顔を上げた。

「なんでわかるの」

今は、貧血じゃないのに。この人は、お医者さんじゃないのに。

「朝ごはんカフェの、お店をやっているからかな。どうして食べないの？」

店員さんは、食べないことを怒っているのではなく、心配そうだった。

「……毎日パンで、飽きちゃった」

「パン以外のものは、食べられないの？」

「お父さんが……ぼくが朝ごはん食べる前に、お仕事に行っちゃうから……」

お母さんは？　って聞かれたら嫌だなって思った。「今は家にいない」って言うと、みんな気の毒そうな顔をするから。でも、店員さんは聞かなかった。

「そうかぁ。じゃあ、ちょっと待ってて」

店員さんは、ほうきをブロック塀に立てかけたあと、細い道を奥に向かって走っていった。言われた通り待っていると、また走りながら戻ってくる。手には、ランチョンマットで包まれたなにかを持っていた。

それを、はい、と渡される。ほかほかしていて、あったかい。

「おにぎりだよ。パンじゃないから、これなら食べられる？」

「知らない人から食べ物をもらっちゃいけないんだよ」

ぼくは包みを、そのまま返した。

「ああー、そうか……。そうだね。うん、きみはえらい」

店員さんは、一瞬残念そうな顔をしたけれど、にこにこ笑っていた。

「僕はあさひっていうんだけど……きみの名前は？」

「新山《にいやま》、ゆうた。雄大って書いて、ゆうた」

「そっか、ゆうたくん。もう一回、待っててくれる？」

「うん」

店員さんは、また奥に走っていって、今度はさっきよりも早く帰ってきた。

「これなら、受け取ってくれる？　ただのノートの切れ端だよ」

「それなら、まあ……」

あさひさんからもらったのは、小さく折りたたまれた、罫線《けいせん》入りのノートだった。このくらいの紙なら、お店でレシートをもらうのと一緒だし。そもそも、ポケットに入れておけば見つからない。

「あさひさんって、変わってるね」

「そうかな。どうして？」

「だって、大人なのに、友達みたいに話しかけてくるから」

知らない大人がぼくらに話しかけるとき、『かわいいねえ』みたいなとろーんとした目で見てくるか（これはだいたい、おばあちゃんとか）『このクソガキ』みたいな怒った顔をするか（これは怖いおじさん）、どちらかが多い。でもあさひさんは、どちらでもなかった。よっちんと話している感じと、あんまり変わらなかった。

「嫌だった?」

「ううん。別に、いいんじゃない?」

くすぐったいけれど、嫌じゃなかった。

「そっか、よかった」

あさひさんは、胸に手を置いてホッとしてた。大人なのに、子どもの意見に合わせようとしてくれるのが、めずらしいなって思った。ぼくのこと尊重してくれているのかなって感じた。

「ゆうたくん、いってらっしゃい」

「……いってきます」

もうちょっと話していたかった気もするけれど、遅刻しちゃまずいから、ぼくは学校に向かった。

教室に着くと、机の下でこそっと、もらった紙を広げてみた。リング付きノートを破ったようなそれには、色鉛筆でたくさんのトーストの絵が描かれていた。そして、その横に『とろけるチーズ、鮭フレーク、しらす』みたいにメモ書きがある。

「これ、レシピだ……」

一番上には、『トースト　アレンジレシピ』と書いてある。きっとこれは、あさひさんが自分で使っていたレシピノートの一部なのだ。そして、右下のはじっこのほうに、急いで書いたような殴り書きがあった。

『ゆうたくんへ　包丁と、火を使わない料理だったらできるよね？　あさひ』

うん、できるよ。とぼくは心の中でうなずく。本当は、包丁だって火だってうまく使えるんだけど（調理実習でやった）、大人がいないときはやっちゃダメ、って約束を守ってるだけなんだ。

ぼくは、ひとつひとつのトーストの絵を順番に見ていく。バナナを載せた甘いのもあれば、マヨネーズやケチャップをかけるしょっぱいのもある。その中でも特に、しらすと鮭フレークのトーストがおいしそうだった。今日家に帰ったら、冷蔵庫に材料が揃《そろ》っているか見てみよう。

「ゆうた～、おはよう」

「あっ……よっちん。おはよ」

ランドセルを下ろしたよっちんがぼくの席まで来たので、レシピメモを机の引き出しにさっと隠した。悪いことをしてるわけじゃないのに、なんだか、自分とあさひさんだけの秘密を持ったみたいで、ドキドキした。

この日はちょっと午前中にふらふらしたけれど、貧血は起こさなくてすんだ。

夜、家で冷蔵庫の中を見ると、とろけるチーズもしらすも、鮭フレークもあった。

やった。これで明日《あした》は、あのアレンジトーストが作れる。

「ゆうた、どうした？　お腹すいた？」

ちょうど水を飲みにきたパジャマ姿のお父さんが、不思議そうにたずねてくる。

「ううん。明日パンに、チーズとか載せようかなって思って」

「おお、いいな。お父さんも明日はパンにしようかな。時間があればだけど……」

お父さんは、エナジーバーや栄養ドリンクを、コンビニで買って通勤しながら食べてるって言ってた。今までより起きる時間が早くなったから、どうしても眠くて、起きるのがギリギリになってしまうらしい。なんだかそれって、栄養をむりやり詰め込んでるだけだよなあって、ちょっと心配だ。ぼくみたいに、会社で貧血を起こしていないかな？

明日のパンは楽しみだけど、お父さんと朝ごはんが別々な生活は、早く終わればいいのになって思った。


次の日の朝、ぼくはわくわくして目覚ましよりも早く目が覚めた。

まず、顔を洗って着替える。そのあと、キッチンに行って必要なものをテーブルに出した。食パン、しらすのパック、鮭フレークの瓶、とろけるチーズ。

まずは食パンにチーズを載せ、その上にしらすと鮭フレークをトッピング。

「よくばっていっぱい載せちゃったけど、大丈夫かな……」

具をこぼさないようにトースターに入れて、三分待つ。おいしそうな匂いが漂ってきて、ぼくのお腹がぐう、と鳴った。久しぶりに聞いた音だった。

チーン、という音とともに、パンが焼き上がる。お皿に載せて、コップに牛乳を注ぐ。早く食べたくて、ちょっとテーブルに牛乳をこぼしてしまった。

「いただきます」

手を合わせてから、トーストをかじる。

「えっ、おいしい……。鮭フレークって、パンにも合うんだ！」

鮭フレークとしらすのしょっぱさと、チーズのまろやかさがマッチしていた。パンも、長めに焼いたからサクサクで香ばしい。

「これ、マヨネーズをかけても合うかもなあ」

そう思い立ったので、マヨネーズをちょっとだけ上にかけてみる。

「あっ、これはこれでおいしい……」

ちょっとこってりするので、簡単に味を変えられる調味料って便利だな、と思う。今まで、からあげにマヨネーズをかけるよっちんを『ええ～』という目で見ていたけど、意外とアリなのかもしれない。

「トーストにも合うって、よっちんに教えてあげよう」

日課になっているお母さんへのメールにも、このことを書こう。そして、あさひさんにも、早く教えたいなって思った。

通学路をいつもより早足で進むと、昨日と同じ場所であさひさんが掃き掃除をしていた。

「あ」

ぼくが声を出すと、すぐにこっちを見る。

「ゆうたくん。おはよう」

「おはよう……ございます」

一応大人の人だからと思って、ちょっと迷ったけど『ございます』をつけた。でも、あさひさんはにこにこ顔のまま首をかしげた。

なので、「おはよ！」ともう一回挨拶《あいさつ》した。

「今日は、ちゃんと朝ごはん、食べられたんだね」

とあさひさんはうれしそうだ。

「うん。鮭フレークとしらすのやつ、作ってみた。マヨネーズをかけてもおいしかったよ」

えっへん、と胸を張って教えてあげる。

「それは新発見だ。僕もメモしておかなくちゃ」

あさひさんは感心したようにうなずいていた。どんなもんだい。

「そうだ。あさひさんは、あの中でどれが一番好きなの？」

気になっていたことを聞いてみた。たくさんあって、どれから作ろうか迷うから、あさひさんのおすすめが知りたい。

「僕はね……」

あさひさんは、途中で言葉を切る。

「やっぱりそれは、ゆうたくんが全種類食べてから、教えてあげよう」

「ええ～？」

「クイズです。当ててみて」

「うーん。わかった」

ぼくはクイズが得意だ。テレビのクイズ番組だって、お父さんよりも先に答えられる。

「絶対、当ててやる」

ぼくは、挑戦状を受け取ったつもりで言ったんだけど、あさひさんは「ふふふ」ってのんきに笑ってた。

「ゆうたくん。いってらっしゃい」

「いってきます」

この日は、午前中の授業もしゃっきり目がさえていた。よっちんにも「今日のゆうたは元気な気がする」と言われた。

ぼくは毎朝、トーストのアレンジレシピを試し、それを通学路であさひさんに報告した。

ある日は、バナナと板チョコ。フォークで薄く切ったバナナをパンに並べ、小さく割った板チョコも何個か載せる。それをトースターで焼くと、チョコが溶けて、チョコバナナを食べているみたいになる。板チョコのかわりにチョコスプレーをかけてもおいしいって書いてあったけれど、うちにはなかった。

ある日は、塩昆布ととろけるチーズ。塩昆布はうちになかったから、おばさんから少しもらった。「ごはんにかけるの？」って聞かれたから、「トーストに載せるんだよ」って教えてあげたらびっくりしていた。これも、塩昆布のしょっぱさとチーズが合っていた。

ある日は、ツナとカレー粉とマヨネーズ。これはぼくのお気に入りになった。カレー味のツナってだけでおいしいのに、さらにマヨネーズまで。カレーが食べたいけれど給食がカレーじゃない日は、これを作ればいいじゃんって思った。これがおいしいってことは、カレーにツナを入れてもおいしいのかな？

そして毎日の結果をあさひさんに報告するのも、楽しみだった。そのときのあさひさんの反応を見て、好きなトーストを当てるというもくろみもあった。

そのうち、気づいたことがある。ぼくは、パンに飽きたから朝ごはんが入らなかったんじゃなくて、ひとりで食べるのが嫌だったんだなって。

起きたらもうお父さんはいなくて、ひとりでごはんの準備をして、食べて、出かける。大人にとっては普通のことかもしれないけど、ぼくはそんなの初めてだったから。給食のときはみんながいるし、おやつはよっちんちで食べるし、夜ごはんのときにはお父さんがいる。だから寂しくて、朝ごはんが喉《のど》を通らなかったんだ。

でも、あさひさんのレシピを試している間は、すごく楽しかった。寝る前から、『明日《あした》はこれを作ろう』ってわくわくして、作っている間も理科の実験みたいに楽しくて。食べるときはひとりだけど、あさひさんにどう報告しようかなって考えてると、ひとりぼっちの寂しさはなかった。

そんな感じで、二週間くらいうきうきした朝が続いていたんだけど、そろそろ問題が出てきそうだった。

「もう、全部のレシピ、作り終わっちゃったよ。それに、給食もパンの日だと、連続だから飽きちゃう」

ぼくは、あさひさんに訴えた。今はお気に入りのレシピをまた作ってみているけれど、二回目だと新鮮さはやっぱりない。それに、最初は気にならなかったけど、毎日パンで給食もパンだと、『白いご飯が食べたいなあ』って感じる。ぼくはもともと、パンよりご飯のほうが好きだから。

あさひさんは困ると思ったのに、まるで予想していたかのようにニヤッと笑った。

「そろそろ、そう言うと思っていたよ。ゆうたくん、きみの家に電気ポットはある？」

「あるよ」

「よしよし。それならこれを渡せそうだ」

あさひさんは、ポケットの中から、またノートを破った紙を取り出した。折りたたんであったので、ぼくはその場で広げる。

書いてあったのは、トーストのときと同じ、色鉛筆で描いた絵とメモ。でも内容が違っていた。

「これ、お茶漬け……？」

「うん」

お茶漬けのもとを使わない、いろんなお茶漬け。見てるだけで食べたくなる。でも……。

「ご飯の炊き方は家庭科の授業で習ったけど、時間がかかるから朝は無理だよ」

「大丈夫。ご飯は前の日に多めに炊いておいて、朝はそれをレンジでチンすればいいよ。もしくは休みの日に、冷凍のご飯を作り置きしておくとか」

「ああ～」

よっちんちの冷蔵庫には、ご飯が冷凍してあった。あれは、いつでも食べられるようにだったのか。

「あとは具を載せて、ポットのお湯を注ぐだけ。トーストと同じで、火も包丁も使わない料理だよ」

「明日からやってみる」

「うん。じゃあ、いってらっしゃい」

「いってきま……。あっそうだ、クイズ！　あさひさんの好きなトースト！」

ぼくは、言葉の途中で思い出す。全種類食べたら教えてあげるよ、って言われてたんだけど、その日はほかのことを話していたら時間がなくなっちゃったんだ。だから、ぼくはまだ教えてもらっていない。

「なんだと思う？」

「うーん、ツナとカレー粉のやつかな」

苺《いちご》&練乳と迷ったけど、なんてったって、ぼくのお気に入りだしね。カレーが嫌いな子なんて、ぼくのクラスにはいないし。いつもおかわりが争奪戦になるくらいだし。

カレー味は大人のあさひさんだって好きに決まってる。

「残念。はずれです」

「え〜っ、正解は？」

「正解は〜……、ピザトースト！」

あさひさんはたっぷり間をとったあと、正解発表をした。

「ええ〜っ、ずるい！　それ、包丁使うから作れなかったやつじゃん！」

ぼくは、ほっぺたをふくらませて文句を言う。ピザソースを塗って、とろけるチーズを敷いてから、トマトやベーコン、玉ねぎやピーマンを切って載せるレシピなので、唯一作れなかったのだ。

「この中で一番好きなもの、って聞かれたから、ずるじゃないです」

「ちぇ〜っ！」

足下にあった小石をける。たしかに、ずるじゃない。これは、ひっかけ問題だったのだ。

「でも、本当においしいんだよ。初めて食べたとき、感動したくらい。今度、お父さんがいるときに作ってみて」

「うん」

冷凍のピザや、宅配のピザよりもおいしいのだろうか。

六年生になったら――火はダメでも、包丁だったらひとりで使ってもOKにならないかな。もしくは、子ども用包丁を買ってもらうとか。ぼくがお手伝いできれば、お父さんだって夕食の準備が楽になるはずだしね。

「お父さん。明日の朝はパンじゃなくてご飯が食べたいから、多めに炊いてほしいんだけど」

夜、ご飯を炊こうとしているお父さんに言うと、「あっ」という顔になった。

「そうだよなあ。ゆうたはご飯のほうが好きだから、パンばっかりじゃ飽きちゃうよな。お父さん、気づかなくてごめんな」

「ううん。今日のメニューはなに？」

「カレーだよ」

うちのカレーは、給食のカレーみたいな手作りじゃなくて、レトルトのあっためるやつだ。これだって充分おいしいけどね。

「じゃあぼくがあっためるよ」

「えっ、危ないし、こぼすかもしれないから、いいよ」

「大丈夫だってば」

ぼくはお鍋《なべ》に水をくんで、ガスコンロにかけ、お湯が沸騰したところでレトルトカレーを入れた。お父さんは、はらはらしながら見ていた。

「ね、ちゃんとできたでしょ」

「そうだな、すごいな。もう五年生なんだもんな」

なんだか思ったよりも大げさにほめられて、頭までなでられたから、くすぐったい気持ちになった。

「調理実習だって、全部子どもだけでやるんだよ。レトルトじゃないカレーだって、六年生になったら作れるようになるよ。そうしたら、ぼくが作ってあげる」

「それは、楽しみだなあ」

お父さんはそう返事したけれど、きっと本当に作れるとは思っていないだろうな。

今日作るのは、梅のりわさびのお茶漬けだ。梅干し、ちぎった海苔《のり》、わさびちょっとをご飯に載せたあと、お茶をかける。そして、しょうゆをたらしてわさびを溶かすのだ。

わさびは、前は苦手だった。おすしのときもさび抜きにしてもらっていたんだけど、最近食べられるようになったのだ。でも、あんまり多いと鼻がつーんとするから、ほんのちょびっとにした。

ご飯茶碗《はんぢゃわん》から、おしょうゆのいい匂いがする。ドキドキしながらつゆをすすると、さわやかな風味が鼻を抜けていった。

「あっ……おいしい！　全然辛くない！」

おしょうゆだけより、すっきりしている気がする。わさびって、溶かすとおいしいんだ。梅干しのすっぱさとも合うし、海苔のぱりぱりした食感も楽しい。ぼくはあっという間に、ご飯茶碗一杯ぶんのお茶漬けをたいらげた。

「おかわりしたい……。でも、あんまりいっぱい食べると気持ち悪くなっちゃうから、がまんしよ」

お父さんが、お腹は食事を始めて二十分以上たってからいっぱいになるんだよ、って前に教えてくれた。急いで食べると、満腹にならないから食べ過ぎちゃうんだって。だからいつも、よくかんでゆっくり食べなさいって言われる。

「まあ、今日はしょうがないよね。明日《あした》から気をつけよう」

それからはまた、楽しい研究の日々の始まりだ。

塩昆布&明太子、しらす&マヨネーズ&ポン酢、おかかバター。

パンはまだしも、マヨネーズやバターをお茶漬けに入れる発想なんてなかったから、あさひさんはすごい。

感想をたくさん話したいけれど、あんまり長く立ち話していると学校に遅れてしまうから、ぼくは感想ノートを作ることにした。これに、ひとつひとつのお茶漬けの感想を書いておくのだ。トーストのぶんも書いておこう。それで、ページがいっぱいになったらあさひさんに渡すのだ。

ぼくはページの下半分くらいにトーストやお茶漬けの絵を描いて色鉛筆で塗り、その上に感想と、食べた日をメモしていった。夕食のあとリビングで作業していたら、お父さんに学校の宿題だと勘違いされ、絵がうまいとほめられた。

お茶漬けは、レシピを全部作り終わっても飽きなかったので、二回目は、かけるお茶を緑茶から玄米茶に変えてみた。そうすると、緑茶より香ばしさが強くなる。夏になったら、テレビでやってた冷やし茶漬けっていうのも作ってみたい。お茶をあらかじめ冷やしておいたらいいのだろうか。今度、あさひさんに聞いてみよう。

「ぼくって料理、好きなのかも」

今まで気づかなかったけれど、向いているのかも。お父さんお母さんと同じ『研究職』になりたいと思っていたけれど、コックさんもいいかもしれない。あさひさんを見ていると、よけいにそう思う。あさひさんの料理を食べたことはないけれど、お茶漬けだけでこんなにたくさんのレシピを思いつくんだから、きっとすごいコックさんなんだろうな。

五月が終わって六月になる。雨で寒いとき以外、みんな半袖《はんそで》で学校に来るようになった。廊下の掲示板も、折り紙で作った紫陽花《あじさい》とかたつむりに変わる。

そんなとき、ぼくはお父さんからうれしい知らせを受け取った。

「ゆうた。そろそろ今の大きな仕事に区切りがつきそうなんだ」

土曜日、休日出勤から帰ってきたお父さんは、疲れているけれどうれしそうな顔をしていた。

「えっ、ほんと!?」

「うん。そうしたら、朝ごはんも一緒に食べられるようになるぞ」

「やったあ」

ぼくは飛び跳ねた。朝起きて、おはようといってきますを言える相手がいるのがうれしい。おつかれさまの意味を込めた、お祝いパーティーをお父さんとしたいくらいの気分だった。

「……そうだ。父の日って、今月じゃなかったっけ」

カレンダーを見たら、来週の日曜日だった。パーティーは無理でも、父の日のお祝いはできる。

「せっかくだから、いつもとは違うことをしたいな……」

いつもは、肩たたき券を作ってあげている。でも、もう高学年なんだし、もっとぼくが大人なんだってお父さんに見せつけたい。

「だったら、ゆうたくんがお父さんに朝ごはんを作ってあげればいいんじゃないかな」

休みが明けた月曜日。あさひさんに相談すると、そんなことを言われた。

「いつも食べてるお茶漬けとか、トーストを？　それでお祝いになる？」

「なら、もっと父の日っぽい、特別な朝ごはんメニューを考えてあげるよ。もちろん、火も包丁も使わないやつをね」

「ほんと⁉」

「日曜日が父の日だから……練習する時間も必要として、水曜日までにはレシピがあったほうがいいよね。あさってには渡せるようにしておくから、楽しみにしてて」

「うん、ありがとう！」

ぼくはあさひさんにハイタッチする。

「あっ、そろそろ行かなきゃ！　じゃあね、あさひさん。いってきまーす！」

「いってらっしゃい」

ぼくは早足になりながら、興奮していた。

父の日に特別な朝ごはんを作るのは、最高な案だと思った。ぼくが料理を作れることをお父さんに伝えれば、ぼくにもっとお手伝いをまかせてくれるようになるだろう。

火も包丁も使えるようになれば、いろんなものが作れる。それに、ぼくのことを一人前だと認めてくれれば、お父さんはぼくに気を遣わないでお仕事ができると思う。夜遅くなったって、ぼくはもう、ひとりでおるすばんできるんだ。自分で料理をすれば、ひとりでもごはんが食べられるって、わかったしね。

水曜日、あさひさんは約束通り、レシピを渡してくれた。今までと同じ色鉛筆で描かれた色とりどりのレシピを見て、ぼくは息をのむ。

「えっ……。これ本当に、火も包丁も使わずにできるの⁉」

「もちろん」

あさひさんは、自信満々、という感じでうなずく。ぼくは逆に、腰が引けてしまった。

「こんなにオシャレな……お店で出てくるような朝ごはん、ぼくに作れるのかな？」

「大丈夫。難しそうに見えるけれど実は簡単っていう料理、いっぱいあるんだよ」

「そうなんだ……。じゃあ、がんばってみる」

レシピをよく見てみると、材料はたしかに難しくない。ホッとしたあと、一瞬でも子どもっぽいところをあさひさんに見せちゃったなあ、と恥ずかしくなる。

「ぼく、絶対成功させるから！　じゃあね、いってきます！」

弱気なのを本当のぼくと思ってほしくなくて、叫ぶようにお腹から声を出した。返事がくる前に歩きだしたけれど、あさひさんはいつも通り「いってらっしゃい」って見送ってくれた。

木曜日から土曜日まで、ちょっとずつ練習をして、いよいよ父の日。日曜日、お父さんはいつもよりちょっと寝坊するから、ぼくは早起きして、こっそりキッチンで朝ごはんを作りはじめた。

まずシーザーサラダから。レタスを手でちぎり、ミニトマトとかんづめのコーンを載せ、クルトンを散らす。クルトンというのは、コーンスープの上に載っているような、サイコロ状に切られたサクサクしたパンだ。これは、もうできあがっているものがスーパーで売っている。

今回のレシピは、こういった便利な市販品をいろいろ使う。家の冷蔵庫にはないから、おばさんに事情を話して協力してもらった。もちろん、買ってきてもらったぶんはぼくのお小遣いで払ったよ。

そして、シーザーサラダドレッシングをかければできあがりだ。

「おお～、おいしそう……」

クルトンを載せて白いドレッシングをかけただけで、すごく本格的に見える。

次は、なんちゃってクロックマダム。クロックマダムとは、目玉焼きとホワイトソースを載せたパンらしい。そう聞いただけで難しそうだけど、それをあさひさんが簡単に作れるようにアレンジしてくれた。

まず、一枚目のパンの上にとろけるチーズとハムを載せる。そして、二枚目のパンには市販の温泉卵を落として塩こしょうする。ふたつとも、こんがりと焼き目がつくまでトースターで焼く。

焼いたあと、ふたつのパンをサンドイッチみたいに合体させる。これで、簡単クロックマダムのできあがりだ。これを半分に切るのは、お父さんが起きたらやってもらう。

スープは、紙パックのコーンスープをレンジで温める。でも、ちょっとだけ一工夫。サラダに使った残りのクルトンがあるから、それを載せる。

最後にデザート。なんと、チンするだけで作れる簡単プリンだ。

まず、ボウルに卵を割ってフォークで溶き、その中に砂糖と牛乳、水を入れて混ぜる。その卵液を、茶こしでこしながらマグカップに移す。

そして、ぬるま湯を入れた耐熱容器の中にマグカップを置き、チンする。こうすることで、蒸し焼きしたみたいになるそうだ。三分チンしたあとは様子を見ながら少しずつチンして、マグカップを揺らしたときに表面がふるふる震えるようになれば完成だ。

「で、できた〜！　すごい、フルコースだ！」

サラダとスープ、メインにデザート。

どれも簡単とはいえ、一度に作るのはちょっと疲れた。練習のときは、一日一品ずつだったから。でも、達成感でいっぱいだ。

作った料理をテーブルに並べ、フォークとナイフ、スプーンをセットする。これでばっちり。

「よし、お父さんを起こしにいこう」

「お父さん。おとーうさーん」

寝室に行くと、まだお父さんはお布団の中ですやすや寝ていた。

お父さんの身体をゆさゆさ揺らすと、「うーん」と言いながら薄目を開けた。

「ゆうた、おはよう……。早起きだな……」

「おはよう。ねえ、今日ってなんの日だかわかる？」

横になったままのお父さんにたずねると、がばっと起き上がった。

「え？　今日ってなにか約束してたか？」

お父さんは、混乱している。ぼくとの約束を忘れて寝ていたのだと誤解しているみたいだ。

「ちがうちがう。そうじゃなくて、今日は父の日だよ」

「ああ、そうか……。すっかり忘れてた」

安心したようにつぶやくと、お父さんは枕元にあるメガネをかけた。

「でね、お父さんに見てほしいものがあるんだ」

ぼくはパジャマ姿のお父さんの手を引き、キッチンに連れていく。

テーブルの上の料理を見たお父さんは、目を丸くしていた。

「えっ……！　これ、ゆうたが作ったのか？」

「うん。包丁も火も使ってないよ」

お父さんは、「すごいな」とつぶやいたあと、料理をひとつひとつ、じっくり眺めていた。

「さめちゃうから、早く食べよう」

お父さんと一緒に席について、まずはパン切り包丁でクロックマダムを切ってもらう。温泉卵の黄身がとろっとこぼれて、ふたりで「おおっ」と声をあげた。

「いただきます」

久しぶりに、ふたりで手を合わせる。

お父さんは、サラダを食べて「うまい！」と叫び、クロックマダムを食べて「お店の味がする！」と感動していた。

「今日は父の日だから、こんなにすごい朝食を用意してくれたのか？」

「うん。それと、お仕事おつかれさまの意味も込めて」

「そうかあ……」

お父さんは、メガネを外したあと目をこすった。泣いているのだとわかったけれど、なんだか恥ずかしくてぼくは見ていないふりをした。

「おばさんからも、聞いたよ。ゆうたは最近すごく、料理をがんばっているんだって。でも、ここまでのものを作れるなんて予想してなかった」

「ぼく、大人になったでしょ？」

ぼくは、胸を張る。お父さんには、これを見せたかったんだ。もうぼくは小さい子どもじゃないんだってこと。

「うんうん。もう立派なお兄ちゃんだ」

「じゃあ、包丁と火も、使っていい？」

ここぞとばかりに、ぼくはおねだりする。だって今じゃないと、聞いてもらえないかもしれないし。

「そうだな、こんなに作れるなら、もういいかもしれないな。でも、最初はお父さんがいるときからだぞ」

「やった！」

ぼくは椅子から立ち上がってガッツポーズをした。

「そうしたら、もっといろんな料理が作れるようになるから、楽しみにしててよね」

「それは、本当に楽しみだなあ」

そうなったら、お父さんは楽できるし、ぼくは料理ができて楽しいし、おいしいものが食べられるしで、一石三鳥だよね。たくさん作ったら、よっちんとおじさん、おばさんにも食べさせてあげよう。夕飯に招待するのもいいかもしれない。きっと楽しいぞ。家庭科の授業でも、「ゆうたくんはお料理が上手だね」ってほめられるかもしれない。お母さんが日本に帰ってきたときに料理が上手になっていたら、びっくりするだろうな。

そうだ、あさひさんにあげる予定の感想ノート、あれの続きにも、作った料理を書いていこう。今までもらったレシピだけじゃ、ページが余っていたし。あさひさんが読んでも楽しいノートにしなければ。

これからの夢がふくらんで、ぼくはわくわくしてきた。

「あさひさん！」

月曜日。遠くからあさひさんが見えると、ぼくは脇道の入口まで、駆けていった。

「ゆうたくん、おはよう。昨日はどうだった？」

ぼくはあがった息を整えてから、ピースサインをする。

「大成功！　お父さん、感激して涙ぐんでたよ」

「やったね！」

あさひさんはほうきを置き、両手でハイタッチする。

「予行練習もがんばってたもんね。僕もうれしい」

「うん。特にプリンが、レンジで作れるなんてって驚いてたよ。お父さん、プリン好きだから、今度自分でも作ってみるって」

市販のプリンを買うより、自分好みの固さにできるからいいって言ってた。

「そうなんだ。もしゆうたくんの家に蒸し器かオーブンがあるなら、それを使う本格的なプリンもできるよ」

「ほんと!?　蒸し器はわからないけど、電子レンジにオーブンがついてる。今度教えて！」

「うん。レシピ、書いておくね」

それってもしかして、すごく大きいプリンも作れるのかなあって想像する。どんぶりくらいの大きさのプリンって、みんな憧《あこが》れるよね。料理ができるようになるって、そんな憧れを自分の手で叶《かな》えていけるってことなんだな。ケーキを丸のまま食べたい、とか。自分で作ったケーキなら、全部食べても怒られないもんね。

「あ、そうだ。今度の日曜日、お父さんと一緒にモーニングを食べに行くね」

大事なことを思い出して、あさひさんに伝える。

「えっ？」

あさひさんはびっくりして、目をぱちぱちさせていた。

昨日、そのことを話したらお父さんにちょっと怒られた。そんな大事なことをなんでずっと黙っていたんだって。

「カフェの店員さんにレシピを教えてもらっていたって話したら、『じゃあお礼を言いに行かないとな』ってお父さんが」

ぼくはどうしてあさひさんが、そんな貴重なものをぼくみたいな子どもにくれたんだろうって考えた。答えはわからなかったけれど、レシピの紙は一生大事にしようって決めて、ファイルに挟んだ。

ど、「これはただの紙じゃないんだよ。とても貴重なものなんだぞ」って。

「そうなんだ。ゆうたくんとお父さんがお店に来るの、楽しみに待っているね」

「ぼくも楽しみ。あさひさんの料理食べるの、初めてだから」

「うーん。そんなふうに言われると、ちょっと緊張するな」

にこにこしていたあさひさんが真面目な顔になったから、ぼくは驚いた。

「プロでも緊張するの？」

「そりゃそうだよ。でも、緊張するのって悪いことじゃないんだよ。それがないと、慢心でミスをしたりするから」

「ふーん……ちょっと難しいや」

まんしん、ってなんだろう。ぼくが首をかしげると、あさひさんは簡単な言葉に直してくれた。

「初心忘るべからず、ってことかな」

「あ、それならわかる！」

国語の授業で習ったことわざだった。えらい立場になったときに『自分はすごい』っていばっていると、お鼻が天狗《てんぐ》みたいに伸びて、ぽきっと折れるかもしれないよ。だから初めのころの気持ちを大事にしなさい、って意味だ。あさひさんは、そういう気持ちで料理してるのか。プロってすごいなって尊敬した。ぼくは、少し料理がうまくなっただけで『もう、なんでも作れる！』って気持ちになってたかも。ちょっと反省。

「ね、あさひさん」

ぼくが小さい声でこそっと言うと、あさひさんは耳を近づけてくれた。

「ぼく、将来コックを目指すかも」

なんとなく、大きな声で言うのは恥ずかしかった。『将来の夢』なんて簡単には叶わないってこと、低学年のころと違って今は知ってる。

「えっ、ほんと？」

「まだ、研究職と迷ってるけどね。……だから、ぼくが本当にコックに向いてるかたしかめたいから、またいろんなレシピ教えてくれる？」

「もちろん、大歓迎」

あさひさんはうんうんとうなずいていたけれど、胸にもやっと心配が広がった。

「あのさあ……。迷惑とか、大変とか、忙しいとかがあったら、言ってね」

ぼくは、ランドセルの肩紐《かたひも》をぎゅっと握りながら言った。

これも、お父さんに言われたんだ。世の中には、お母さんが家にいないっていうだけで同情して優しくしてくれる大人もいるけれど、それは長くは続かないからって。

それはぼくにもなんとなくわかった。一回だけ優しくするなら簡単で、気持ちがいいもんね。気が向いたときに野良猫にえさをあげるのと同じ。でもみんな、自分や自分の家族のほうが大切だから、ずっと優しくするのは大変なんだ。

あさひさんはきょとんとしてから、「ぜ〜んぜん」と首を大きく横に振った。

「僕は、小さなコックの友達ができてから、毎朝が楽しい」

ぼくは、あさひさんが少しもためらわずに、『友達』と言ってくれたのがとても、とてもうれしかった。友達なら、優しくするのも仲良くするのも、普通のことだよね。

ぼくはこれからもずっと、あさひさんと仲良くしていいんだ。

「ぼくも、楽しい。朝だけじゃなくて、ずっとだけどね」

あさひさんが、「えっ」と目を見開いたあとうれしそうに笑ったので、ぼくは恥ずかしくて背を向けたんだ。

「ゆうたくん、いってらっしゃい！」

走りだした背中に、あさひさんの大きな声が響いたので、ぼくは振り向いてこう言ったんだ。

「いってきまーす！」

メニュー5　旅に出たくなる朝食御膳

「ねえ、おばあちゃん。おじいちゃんって、退職してからずっと、家に引きこもってるの？」

高校生の孫の遙が、お土産のフルーツケーキをぱくつきながらたずねる。疑問、というよりは確認のような感じで、しぶい顔をしている。

「そりゃあ、もうお仕事には行かないもの」

夫は四ヵ月前、六十五歳で、長年勤めた郵便局を退職した。さっきまでは私たちと一緒にお茶していたのだが、先にケーキを食べ終わったので自室に引っ込んだのだ。

そこで出たのが孫のセリフである。

「そうじゃなくって、趣味とか付き合いで出かけたり、買い物に行ったりしないでしょってこと」

「そうねえ。ほとんど外に出ないわねえ。月に一度の床屋と、コテツのトリミングのときくらいかしら。ほら、もともと出不精な人だから」

若いころから友人もおらず、休みの日となると家でひとりで囲碁や将棋をしているような夫だった。それでも、子どもたちが小さいころは旅行に行ったりお出かけをしていたものだが、夫婦ふたりの生活になってから二十年以上、そんなことは一度もない。スーパーに食材を買いに行くのも、デパートで贈答品を選ぶのも、犬の散歩も、全部私ひとりだ。

「おじいちゃんはしょうがないにしてもさ、おばあちゃんもひとりで出かけてみたら？　ほら、旅行とか、コンサートやミュージカルの観劇とか。高齢になってからハマって推しができる人、最近多いんだよ！」

遥は、おすすめのアイドルや俳優を熱心に説明してくれる。私はテレビをよく見ているので、若いタレントの人もだいたいわかる。

宝塚《たからづか》とか、劇団四《げきだんし》季《き》とか、たしかに歳をとってからのほうがみんな、文化的なお出かけをしている気がする。私も、興味がないわけではない。歌番組もドラマも好きだから、ミュージカルに行けたら楽しいだろうなと思う。でも……。

「ほら、おじいちゃん、私が家にいないのを嫌がる人だから」

特に、自分が家にいるのに私がいない、という状況が嫌らしく、退職してからはスーパーに買い物に行くのだって嫌そうな顔をされるのだ。なので、私も自然と、必要最低限の買い物以外は引きこもりに付き合うかたちになる。

遙は不満そうに頬をふくらませた。

「せっかく、自由な時間があるのに……。一日中好きなことができるなんて、私にとってはうらやましいけどな」

「高校生は忙しいものね。アルバイトも始めたんでしょう？」

「うん。それでお金ためて、カフェ活するんだ」

「カフェ活？」

聞き慣れない言葉に、首をかしげる。

「カフェ活動。お気に入りのカフェに行くってこと」

「そういうのが流行《はや》ってるのね」

「そうそう。ヌン活っていって、アフタヌーンティーも流行ってるんだよ」

「カフェ、アフタヌーンティー……。今の子はオシャレねえ」

喫茶店とか、三時のお茶なんて言わないらしい。

「おばあちゃんも、家の近くのカフェくらいなら行けるんじゃない？　いくらなんでも、そのくらいの時間ならおじいちゃんも文句言わないでしょ？」

「そうねえ。考えてみるわね」

返事はしたものの、私はきっと、行かないだろう。遙が私の心配をしてくれるのはありがたいのだが、夫をひとり置いて自分だけお茶をすることに罪悪感がある。だったら、近所の洋菓子店でケーキでも買って、私の淹れたコーヒーを飲みながら、ふたりで過ごすほうがよい。

「ね、ね。今日はコテツの散歩、私が行っていい?」

ケーキを平らげた遙が、お行儀よく自分のお皿とカップを流しに持っていってから、うきうきとした様子でたずねた。

「もちろん。夏だから、夕方になってからね。コテツは暑さに弱い犬種だから」

コテツというのは、うちで飼っているグレートピレニーズのことだ。遙はこの子が大好きで、しょっちゅう母親からのお土産を携えて遊びにくる。「孫なんて盆と正月にしか会えない」なんてぼやく近所の人が多いから、私は幸せだ。

「やったぁ。私も犬、大好きなのに、パパが動物アレルギーだから飼えないんだよね。おばあちゃんちは大きい庭もあるし、いいなあ」

パパ、というのは私の息子なので、遙の気持ちはよくわかる。なので、息子が結婚して家を出てから犬を飼ったのだ。

加えて、グレートピレニーズは超大型犬なので、広い家や庭が必須《ひっす》である。夫の親から引き継いだ鎌倉の土地はそこそこ広く、庭が作れたのがラッキーだった。

「コテツ〜! 今日もふわふわでかわいいね!」

リビングの床で横になっているコテツに、遙が抱きつく。白くて長い毛に顔をうずめてすりすりしている。コテツは優しい性格なので、なでまわされても嫌がることなくしっぽを振っている。

夕方になると、遙はコテツにリードをつけて散歩に出かけたので、私は途中まで読んでいた本を広げる。ハードカバーのこの本は、図書館で借りたものだ。

趣味というほどではないが、読書が好きなのでよく近くの図書館で借りてくる。テレビを見るのも、ラジオを聞くのも好きなので、娯楽にお金がかからなくて助かっている。老後、なにかあったときのために貯蓄は多いほうがよいので、少ないお金で贅《ぜい》沢《たく》せず、小さい生活をするのをモットーにしている。それに、自分たちが使わなければそれは、子どもたちや孫たちのお金になるのだ。そう考えると、『自分のお金』として使えなくなってくる。

「カフェ、かあ」

読書をしていてもいまいち集中できず、遙に言われた言葉が頭の中を離れない。テレビや雑誌でオシャレな店の特集を見るたびに、ひとりで素敵なお店に入ってみたい、と思う。でも、オシャレなお店でなにを頼んだらいいのかわからないし、ひとりで外食するのも怖い。

「私にそんな贅沢、もったいないわ」

もうおばあちゃんなのだから。老い先短い私がカフェで優雅な時間を過ごすより、そのぶん孫にお小遣いを渡したほうが、有意義に使ってくれるだろう。私たち夫婦がお金を使うのは、コテツのことだけでよい。

夕飯時。夫婦ふたりきりになってから、茶色いおかずばかりが並ぶようになった食卓を囲んで、夫と黙々と箸《はし》を動かす。

「あなた。お勤め中には、ひとりで外食することもあったわよね」

そう、夫にたずねてみる。

「そうだな」

「どんなお店に行っていたの？」

「だいたい、いつも同じ食堂だな……。局の近くにあった」

想像通りの返事だ。夫の性格的に、慣れていない店には入らないだろうから。

「カフェ……みたいなところには、行ったことはある？」

「ああいうのは、若いもんが行くところだろう」

「……そうよね」

今はそうでもないみたいよ、と説明しようかと思ったけれど、やめた。行ったことのない私が説明しても、説得力に欠ける。

「どうしたんだ、急に」

「いや、遙がね。カフェにハマっているんですって」

「そうか。それじゃ、お金がかかるな……。小遣いは、渡したのか？」

「ええ、もちろん、ちゃんと渡しましたよ。おじいちゃんからって言っておきました。もう、あなた自分から渡せばいいのに」

「恥ずかしくてな……」

この人は、無口な上に愛情表現が下手なのだ。お小遣いさえ自分であげられず、「おい、くて仕方ないのに、態度に出すのが苦手だ。孫のことも、コテツのこともかわい今度遙が来たらこれをやってくれ」と私にポチ袋に入れたお金を渡してくるのだ。

そんな不器用なところも、結婚当時はかわいく感じたものだが、こう何十年も一緒にいると、もっと器用に生きられたら夫も楽だろうになあ、と思ってしまう。夫のことは好きだし、夫婦としての仲もよいほうだと思うけれど、夫にももっと楽しみがあればいいのにと思う。私には学生時代の友人がおり、たまに電話で話したり年賀状のやりとりをしたりしているが、夫にはそういった友人もいないのだ。

「認知症になっちゃったり、しないかしら……」

こんなに人と話さず、外にも出ずだと、早くぼけてしまうのではないかと心配だ。

「なんだ？　聞こえなかった」

主人は、飲んでいた味噌汁《みそしる》から顔を上げ、首をかしげた。お互い耳が遠くなってしまったので、大きめの声でハキハキしゃべらないと会話がしづらいのだ。こういう、聞かれたくないひとりごとのときは便利だけど。

「いえ、なんでもないわ」

私は首を横に振って、「今日の干物の味、どうかしら」と話題を変えた。

夫に昔、地域の将棋サークルに行くのを勧めたこともあるけれど、「知らない人が大勢いるところに行っても、緊張してしまって打てない」と言っていた。

ふたりとも、家に閉じこもっている老後でいいのかしら。このままずっと、死ぬまで同じ暮らしなのかしら。夫が退職してから、そんなことを考え続けている。

「朝の空気は気持ちいいわ。涼しいし」

コテツと一緒にてくてく歩きながら、夏の朝の空気をめいっぱい肺に吸い込む。つば付きの帽子と速乾作用のあるポロシャツとアームカバー、接触冷感のズボン、と格好も万端だ。自分とコテツ用の水筒も持ち歩いている。朝とはいえ、熱中症には気をつけなければいけない。

夏の間は、早朝と夕方の二回、コテツの散歩をしている。これが私にもいい運動になっているようで、六十代を半分過ぎても想像したほど体力は落ちていない。

「あの人も、散歩くらいすればいいのに」

血糖値や中性脂肪が多く、健康診断のたびにお医者様に怒られているのだから、ちょっとは運動しましょうと言っているのだが、どうも外に出るのがおっくうらしい。

そのぶん、家の中ではコテツと遊んでくれるのだが……。

「あら、カフェの看板。こんなに早い時間なのに、もう開店しているのね」

道の途中に、カフェの看板が出ていた。散歩コースはいくつかあるけれど、今までは看板に気づかなかった。景色ではなくコテツに気を配っているからかもしれない。

「カフェどんぐり。あなただけの朝食お作りします……」

看板に書いてある文面を読み上げる。モーニングを出しているカフェらしいが、〝あなただけの〟とはどういう意味だろう。

首をひねっていると、手に持っていたリードの負荷が、ふっ……と軽くなる。

不思議に思って足下に目をやると、なんとコテツの首輪からリードが外れていた。

「ええっ。コ、コテツ⁉」

コテツはしっぽを振りながら、細い脇道に入ってしまっている。

「だ、ダメよコテツ！　そっちに行っちゃ……」

看板が出ているのだから、この先はきっとカフェなのだろう。コテツをつかまえようと追いかけるが、私の足では超大型犬の歩幅に追いつかない。コテツは走っているわけじゃなく、普通に歩いているだけなのに。ふだん散歩のときは、だいぶ私のペースに合わせてくれているんだなと実感する。

「コ、コテッ……」

ぜえぜえ言いながら、止まったコテッにやっと追いついたときには、開けた空間に出ていた。

森の中に突如現れたカフェ、という感じの佇まいで、外に張り出したテラスや、木の上に作られた小屋が印象的だ。建物からおいしそうな匂いが漂ってくるので、コテッはこの匂いに誘われたのかもしれない。

当のコテッは〝おすわり〟をしながら、しゃがみこんだ若い男性に身体をなでられている。黒いエプロンをしているので、カフェの店員さんだろう。目線を合わせてくれているから、犬好きの人なのかもしれない。

「おはようございます」

店員さんは私に気づき、立ち上がって頭を下げる。

「す、すみません。うちの犬が……」

慌てて駆け寄り、コテッの首輪にリードをつける。

「いえ、大丈夫です。とてもかわいいわんちゃんですね。外国の犬種ですか？」

店員さんは、顔を上げる。うちの息子よりもだいぶ若い、優しそうな青年だった。

『Ａｓａｈｉ』というネームプレートを胸元につけている。

「はい、グレートピレニーズっていう……」

コテツを立たせて答えたそのとき、夏特有の生暖かい風ではなく、さわやかな香りの風が吹いた。

「素敵な場所ですね……」

目線を上げ、頭をぐるっと一周させる。背の高い木々の影が落ちるからか、この空間は特に涼しく感じる。

「ガーデンテラスでしたら、わんちゃんと一緒にご利用できますよ。わんちゃん用のメニューもお出しできますし、よかったらいかがですか？」

店員さん——あさひさんは、そう言って微笑む。

「えっ……コテツに？」

ドッグカフェとか、犬用のごはんとか、そういったものがあることは知っていた。今まで利用したことはないけれど。

「それなら……ひと休みしようかしら」

コテツを休憩させて、おいしいものを食べさせてあげるなら、無駄遣いにはならないだろう。

ここまで入ってきてなにもせずに帰るのも店員さんに悪いし……と自分に言い訳をする。

「では、こちらへどうぞ」

ガーデンテラスにつながる低い階段を上り、絵本に出てきそうな分厚い木の椅子に腰かける。テーブルも、一枚板で真四角ではない……自然の形を活かしたものだった。

コテツのリードは、壁にリードフックがあったのでそこにかける。

あさひさんはすぐに、お冷やとおしぼりを持ってきてくれる。喉《のど》が渇いたのでお冷やをいただこうとグラスを上げると、コースターになにか書いてあった。

【っうきみそーちー】

印刷ミスだろうかと首をひねると、あさひさんが、

「沖縄の言葉で〝おはよう〟という意味なんですよ」

と説明してくれた。

「そうなんですね。沖縄……」

息子の、高校時代の修学旅行が沖縄だった。琉球《りゅうきゅう》ガラスの工房体験で作ったグラスをもらってきて、家族にはちんすこうを買ってきてくれた。沖縄料理の話を聞いて、うちでもゴーヤーチャンプルーを作ってみたんだっけ……。

あのとき、夫とは「子どもが巣立ったらふたりで沖縄に行こう」と話した気がする。きっと夫は、そんな約束なんてもう忘れているだろうけれど。

「ご注文はお決まりですか？」

「あ、はい。犬用のおやつをお願いします」

予定していた注文を終えてホッとすると、あさひさんが私を見てにっこりと微笑んだ。

「もしよかったら、お客様も朝ごはんをどうですか？　もう食べてしまいました？」

あさひさんの口調はさりげなく、そしてやわらかくて、少しも無理強いする響きを含んでいなかった。だから私も、自分の気持ちまでしゃべってしまったのだと思う。

「いえ、まだです。でも……こういうカフェだと、オシャレなものばかりで、なにを注文していいかわからないし……」

「それでしたら、ちょうどいいです。うちはモーニングだけメニューがなくて、お客様のお好みの料理を出しているんですよ。予算だけ言っていただいて、おまかせ、というのでももちろんOKです」

メニューがない、という言葉に、私は目を見開く。

「えっ、そんなことができるのね……」

看板の文章はそういう意味だったのか、とやっと合点がいった。

「でしたら、千円以内でなにかおすすめを……お願いできるかしら」

「はい、もちろんです。アレルギーや苦手なものはありますか？」

「いいえ、特にないです。この子も、わんちゃんが食べられるものだったらなんでも」

た。

「かしこまりました」

あさひさんがカフェの建物に入り、姿が見えなくなってから、徐々に我に返ってきた。

私、今、カフェに来ているんだわ。しかもコテツと一緒に。

「昨日までは、ひとりで入るなんて怖い、カフェなんて贅沢《ぜいたく》って思ってたのに……」

あれよあれよという間にカフェに入って、〝おまかせ〟なんて玄人《くろうと》っぽい注文までしてしまった。

「コテツのおかげかしらねえ。もしかして、リードが外れたふりをして、私をここに連れてきてくれたのかしら」

まさかね、と思いつつも、うちの子は頭がいいので、くだらない妄想とも言い切れない。

「もしそうだとしたら、ありがとうね」

私の席の横で寝そべっているコテツの背中をなでる。うれしそうに「ハッハッ」と呼吸し、しっぽを振ってから、あさひさんが置いていってくれた犬用のお水を飲んだ。広々としていて空気がおいしいので、コテツも気持ちよさそうだ。

「静かね……」

ほかにお客さんはいないので、葉っぱがこすれる音、鳥のさえずりが大きく聞こえる。大通りの車の音も、排気ガスの臭いも、ここまでは届かない。

「落ち着くわ」

休憩するのなんてどこだって同じと思っていたのに、公園で水筒の水を飲むのと全然違う。家のソファとだって、違う。まるで自分の身体の中が、澄んだ空気で満たされていくような感じなのだ。

しばらくぼうっとし、自然の音を堪能《たんのう》していると、あさひさんがお盆を持ってやってきた。

「お待たせしました。おまかせの、朝食御膳《ごぜん》です」

テーブルに置かれたのは、お盆の上にいくつもの小鉢が載った、和食の御膳だった。

「まあ……！　旅館の朝ごはんみたい！」

ぱっと見る感じ、メインとお漬物のほかに副菜も数品。ご飯と汁物もあるので、けっこうな品数だ。

「少しでも落ち着けるように、なじみのあるメニューをと思いまして。飲み物は、冷たい玄米茶です」

ぽってりした湯飲みに、氷が浮いている。お冷やを飲んでもまだ喉が渇いていたので、気遣いがうれしい。

「わんちゃんには、これを」

コテツのおやつは、小さめのホールケーキの形をしていた。

「ミートケーキです。全部、わんちゃんが食べられる材料で作っています」

「まあ、かわいい。よかったねえ、コテツ」

コテツはお行儀よく『待て』の姿勢をしている。「よし」と声をかけると、うれしそうに食べ始めた。

「それでは、ごゆっくり」

一礼して、あさひさんが去っていく。私はゆっくり、朝食御膳を眺めた。

一番目立っているのが焼き鮭。そして小鉢は、筑前煮《ちくぜんに》・冷や奴・だし巻き卵・ほうれん草のお浸し・お漬物だ。どれもちょっとずつ、なのがありがたい。

「いただきます」

手を合わせ、まずは、とお味噌汁《みそしる》に口をつける。出汁《だし》の香りがふわりと漂い、上品な味だ。具が豆腐とわかめというのも、シンプルでいい。

「だし巻き卵、ふわふわ……！　筑前煮も、うまみが染みてるわ～」

どれも、家でもよく作る和食だけど、筑前煮の具が丁寧に面取りされていたり、冷や奴には出汁醤油《じょうゆ》がかけられていたり、家の料理とは違う『ひと手間』を感じることができた。

それと同時に、新婚旅行で行った熱海《あたみ》を思い出した。夫とはお見合い結婚だったし、すぐに長男を妊娠したので、あれが夫とふたりきりで行った、最初で最後の旅行だった。そのときの朝食も、ちょうどこんな、ホッとするような定番メニューが並べられた和食御膳だったのだ。

熱海旅行は、楽しかった。夫は不器用ながらも私を気遣ってくれたし、ひとつひとつ、優しさに触れるたびに、『この人と結婚してよかった』『これからふたりで家庭を作っていくのね』と思えた。

でもそういえば、ちょっとケンカになりそうなこともあったんだっけ。その日は雨が降っていて、バスの運転手さんが、下りるときに一本の傘を貸してくれた。きっと、私たちが新婚の夫婦だとわかっていて、わざと一本だけ渡したのだと思う。しかし夫はそんな意図には気づかず、運転手さんに「すみません、もう一本貸してください」と告げたのだ。

私はそのあとムッとして、しばらく夫と口をきかなかった。

「なにを怒っているんだ？」

「さあ。自分の胸にお聞きになったら？」

なんて会話は、あったのだっけ。もう、細かいところは覚えていない。

そして旅館に帰ったあと、私たちは浴衣《ゆかた》に着替えて大浴場へ行った。お風呂《ふろ》に浸かっていると、さっきまでの怒りはさめてきて、『ちょっと大人げないことをしちゃったかしら』と後悔してきた。せっかくの新婚旅行なのだから、最後まで仲良く楽しみたい。

謝ろうと決心して部屋に戻ると、布団が敷かれ、夫は窓辺の椅子で涼んでいた。夫に声をかける前に、枕元にメモがあるのに気づく。部屋に備え付けてあった旅館のロゴ入りのメモ用紙に、なにか書いてある。

『さっきは、ぶしつけなことをしてしまってごめんなさい。自分ははっきり言われないと気づかない男だけど、あなたを理解できるよう努力するので、これからもよろしく』

たしか、こんな手紙だったと思う。私は、『さすが郵便局員だわ』と感心する気持ちと、夫への温かい愛情が同時にわいてきた。

夫は不器用で口数が少ないし、私はそんな夫を上手に転がせるほど人格者ではない。でも、お互いをわかりたいという気持ちがあれば、そして相手のために努力できれば、ケンカをしながらも『夫婦』をやっていけるだろうって。

「そんな気持ち、忘れていたわ……」

長く夫婦をやっていると、どんどん会話が減っていく。以前だったらムッとしていたことでも、怒る気力がなくなるし、自分のことも話さなくなる。もともと私はおしゃべりだったはずなのに、夫につられるようにだんだん物静かになっていった。今は、夫よりコテツとのほうがたくさん話している。

子どもたちが家にいる間や、夫が勤めに出ているときは、それでもよかったけれど……。今はそれだと、ずっと家の中がしんと張り詰めているようだ。

そんなことを考えている間に朝食は食べ終わり、お腹は満たされていた。歳をとってから食が細くなって、朝はいつも、トースト一枚と果物少しなのに、完食できたのがびっくりだ。ゆっくり、味わって食べたのがよかったのかもしれない。

コテツもおやつを食べ終わっていたので、私は玄米茶を飲んでから席を立つ。席にあったベルを鳴らすと、あさひさんがすぐ来てくれた。

「ごちそうさまでした。お会計は、どちらかしら？」

「わんちゃんがいるので、ここで大丈夫ですよ」

あさひさんは準備よろしく、エプロンのポケットから電卓とトレイを取り出す。コテツのおやつを含めて、消費税込みで千五百円ぴったりだった。

「お味はどうでしたか？」

「とてもおいしかったわ。なんだか、昔夫と泊まった熱海の旅館を思い出して……」

「そうなんですか。今度はぜひ、旦那様《だんな》とわんちゃんとでいらしてください」

「そうしたいけれど……。夫はどうかしら」

私だけおいしいものを食べてしまって申し訳ないので夫を連れてきたいが、出不精の夫に「カフェに行こう」と誘ったところで乗ってはくれないだろう。

神妙につぶやいたあと、ハッとする。こんな含みのあることを言うつもりじゃなかったのに。

「ごめんなさい、こんなこと……。それじゃ、今日はいろいろとありがとうございました」

「こちらこそ、ありがとうございます。いってらっしゃいませ」

「いってきます」

見送られながら、テラスから下りる。抜け道を戻って、市役所前の大通りに出ると、現実の喧噪《けんそう》が聞こえてくる。

少しだけ、小説の世界に旅して、今戻ってきたみたいだ。

「カフェって、こんなに素敵なものだったのね……」

しばらくぼうっと立ち止まっていたら、コテツが心配して「くぅーん」と鳴き声をあげた。

「ああ、コテツ、ごめんね。散歩の途中だったものね」

そのあとの散歩では、カフェでのことばかり思い出して気もそぞろになり、コテツに何度も急《せ》かされてしまった。

やっと家に帰ると、夫が「ずいぶん遅かったな」と声をかけてきた。私はとっさに、

「ちょっと、近所の人と会って。立ち話していたの」

とごまかしてしまった。正直に、カフェに寄ったと言えばよかったのに。なんだか、遅くなったのを責められているように感じてしまったのだ。

「せっかく、昔の気持ちを思い出したのにねえ……」

思い出したところで、歳をとってがんこになった心は昔のように素直になれない。


その日の夜、息子から電話がかかってきた。

「来週また、遙がコテツに会いたいみたいなんだけど、行ってもいいかな？」

「もちろん、いいわよ」

「悪いね。夏休みだから、バイト以外は遊び回ってるよ」

「全然悪くないわ。孫はいつでも大歓迎」

あなたは来ないの？　と聞いたら、気まずい空気になってしまうだろう。土日といっても、息子もその奥さんも、いろいろ忙しいのだと思う。遙は高校生だから『孫を預かる』という年齢ではないけれど、その間ふたりが自由な時間を過ごせたらいいと思う。

「……今日さ、本を読んだんだけど」

唐突に、息子が話を変える。

「そこに出てきた話だけど、もし明日《あした》世界が終わるってなったときに、一番後悔することってなんだと思う？」

「ええ？　う～ん、いきなり言われても難しいわね……」

「その本によると、一番多い後悔は、『もっと自由に生きればよかった』なんだって。みんな、自分の人生なんだから、もっと好きなことをすればよかったって思うらしいよ」

ズキッと心臓が痛んだ。自分のことを言われているわけではないのに。

「母さんも、そうなると思う？」

「そうね……そうかもしれない」

もし明日世界が終わると言われたら、『テレビ放映されるまで待とう』と思っていた映画を観ればよかったとか、『図書館に入るまで待とう』と思っていた新刊を買えばよかったとか、そんな小さな未練ばかり思い出す気がする。

なんだかそれは……自分の人生まで小さなものに思えて、嫌だ。

「でも、おかしいよね。明日世界が終わるって言われて、急に後悔するなんて。災害が起こったり、疫病が流行《はや》ったり……。明日、世界が一変してしまう可能性なんていつだってあるんだから、普通に生きてる今だって、後悔しないように生きないといけないのに」

「そうかもしれない。でも、普通に生きているときは、気づけないものなのよね。いつも、当たり前のように明日が来ると思っているから」

今できることでも、明日でいいや、一ヵ月後でいいや、一年後でいいや、とどんどん先送りにしてしまう。小さなことだったら、日常生活にたくさんある。歯医者さんの予約とか、ちょっとだけ調子の悪い冷蔵庫を買い換えたりとか。そういえば、今使っている携帯電話だって、新しい機種に変えようと考えてから、もう何年もたっている。

それと同じように、自分のやりたいことも、私たちは先送りにしている。家族とか、家事を言い訳にして。自分でそうしておいて、いざそのときになったら後悔してだれかのせいにするのは、とてもひきょうなのではないだろうか……？

「あとさ、これも言いたかったんだけど……俺たちにお金を残さなきゃ、とか考えなくていいから」

突然話が変わって驚くが、息子からはずっと考えていたかのように、すらすらと言葉が出てくる。

「えっ？」

「遥を大学に行かせるお金くらいはあるし、父さんと母さんが老後なにかあってもどうにかできるくらいは貯蓄してる。だからさ……ふたりはもっと、自分たちのためにお金を使ってもいいんじゃないかな」

自分が使わなければ子どもや孫のお金になる。その気持ちを口にしたことはないのに、見透かされていたようで驚く。

「でも、こんな年寄りが使っても、無駄になるだけじゃ……」

「母さん、今の女性の平均寿命って、八十七歳なんだよ。それでいうと、母さんはまだ二十年以上も生きるんだから、全然年寄りじゃないんだ。今の六十代は、まだまだ若いんだよ」

「二十年……」

あと何年生きられるのか、と考えたことがないわけではない。でも、人から突きつけられると、二十年という年月は、重くて長い。今生まれた赤ちゃんが、成人するくらいの長さなんだから。

「まあ、あまり高齢になっても足腰が弱ってくるだろうから……それを見積もっても、少なくともあと十年は好きなことを自由にできるんじゃないかな。母さんは今、持病もないし、体力もあるし」

「けっこう、長いのね」

「そうだよ。それだけの時間を、父さんと一緒に家の中だけで過ごす生活で、いいの？　やりたいこととか、行きたいところとか、ないの？」

一瞬言葉に詰まったけれど、その場所はすぐ頭に浮かんできた。

「……あるわ。今、お父さんと行きたいところ」

夫と一緒に『カフェどんぐり』に行って、朝ごはんが食べたい。あのホッとする味を、夫にも食べさせてあげたい。

「じゃあ、まずそこに行ってみたら？」

「でも、あの人が一緒に行ってくれるかしら」

「そんなの、だまくらかして外に出しちゃえばいいんだよ。なにか、適当な理由つけてさ。おっくうなのって家を出るまでなんだから、そこをどうにかしちゃえばなんとかなるって」

あまりにも悪びれなく言うものだから、私のほうが笑ってしまった。

「そうね。うまくやってみる。……でもどうして、いきなりこんなこと言い出したの？」

「いきなりじゃないよ。遙がいつも、『おばあちゃんがかわいそう』『パパ、なんとかしてよ』って言ってて。そんな中で、さっき話した内容の本を読んだからさ……」

「そうだったの、遙が……」

たしかに本人からも聞いていたが、そこまで本気で心配してくれていたなんて知らなかった。

わざわざ祖母を気にかけてくれる遙も、こうして電話をくれる息子も、どちらもありがたい。

「私はね、明日世界が終わるとしたら、いろんな後悔よりも先に、孫と子どもに恵まれたことを感謝すると思うわ」

「急になんだよ、恥ずかしいな……。でも、『夫にも恵まれた』って言えるようになってほしいよ、俺は」

あとひとつふたつ言葉を交わしたあと、電話を切った。

「……よし」

私は心の中で、『夫をカフェに連れ出そう作戦』を決行すると決めた。正攻法で攻めようとしていたからいけないのだ。どういう状況だったら夫は動いてくれるのか、私はよく知っている。ここは長年の夫婦生活で培ったものと、知恵の使いどころだ。

「あなた。手を痛めたみたいなんだけど、コテツの散歩に付き合ってくれないかしら」

「えっ。病院に行かなくても大丈夫なのか？」

次の日の朝、私が一晩考えた嘘を告げると、夫は動揺していた。

「腱鞘炎《けんしょうえん》とかじゃなくて、疲れただけだと思うから大丈夫」

「そうか……」

「排泄物《はいせつ》の始末は私がするから、あなたにはリードを持っていてほしいの」

「わかった」

うなずくと、夫はすぐに帽子をかぶって、玄関に運動靴を出した。

夫は優しいから、私が困っていたら外に出てくれる、と考えたのは当たりだった。

その優しさを利用する形になって申し訳ないなあ、と思いつつも、これなら作戦は成功しそうだとわくわくした気持ちにもなる。

無事夫を散歩に連れ出し、カフェどんぐりの看板のある抜け道まで来たところで、私はわざとらしい演技に移る。

「あら、こんなところに脇道が。コテツがこっちに行きたいみたい」

さもコテツからこっちに足を向けましたよ、というように、リードを引っ張られた演技をする。コテツはむりやり進路を変えたりしない子だが、ふだん散歩をしない夫にはわからない。

「そっちは、店じゃないのか？」

夫の焦った声は、聞こえないふりをして進む。

「ちょ、ちょっと待て……」

コテツは昨日おいしいおやつをもらったのを覚えているのか、『こっちに進んでいい』と理解してからは、しっぽを振ってうきうきと歩いている。

やがて、カフェ店舗のある開けた空間に出る。夫は「おお……」と目を丸くしながら周りをきょろきょろ見回している。

「あっ」

ちょうど、ガーデンテラスのテーブルを拭《ふ》いていたあさひさんが、私の声に気づいてこちらを向く。そして、にこやかな笑顔で朝の挨拶《あいさつ》を――。

「おはようございま……」

「あ、あら～。こんなところにカフェがあるわ！　すみません～、知らないで入ってきちゃって！」

――する途中で、私は彼の声を遮り、オーバーに『初対面の客』の演技をした。だって、昨日のことは夫に話していないんだから。

「いえ、大丈夫ですよ。よかったらモーニングはどうですか？」

あさひさんは私の意図をすぐ理解し、演技に付き合ってくれた。目線と表情で『すみません』を伝えると、あさひさんはにっこり笑って人差し指を唇に当てた。

「あなた。どうしましょう？」

「どうするって……。コテツがいるんだから、入れないだろ」

すかさず、近くに寄ってきたあさひさんが夫に声をかける。

「うちはガーデンテラスがあるので、わんちゃんも大丈夫ですよ。わんちゃん用のメニューもお出しできます」

「……ですって。どうします？」

再度、夫にたずねる。こういうときは、夫に主導権を握らせたほうがことがスムーズに運ぶ。自分で選んだことなら、のちのち文句は出ないのだ。

「そりゃ、ここまで来ておいて、店に入らないのは失礼だろ……」

夫は顔をしかめ、いかにも常識人ぶった口調で告げた。私の口元がゆるみそうになったのは、言うまでもない。

「じゃあ、テラスに座らせていただきましょ」

私が夫からリードを預かり、壁のフックにかけると、「……よくそこにかけるってわかったな」と夫が怪訝《けげん》な表情でつぶやいた。

「え？　じょ、常識じゃない？」

平静を装って答えたが、心臓がドキドキしている。やっぱり私は、嘘をつくのは苦手みたいだ。ここまで来たのだし、もう夫にネタばらししてしまおうか……。

迷っている間に、あさひさんがおしぼりとお冷や、コテツ用の水皿を持ってやってくる。

「当店のモーニングはメニューがなく、お好みで作らせていただいております。ご希望や、予算はありますか？」

ちらっと、うかがうように夫を見る。

「よく、わからないので……」

夫は困惑した顔であさひさんを見上げていた。

「では、おまかせで作らせていただきますね。わんちゃん用のおやつはどうしますか？」

「あ、お願いします」

ここは私が返事をする。

「かしこまりました。それでは、少々お待ちください」

あさひさんが行ってしまうと、夫はふーっと大きな息を吐いて、汗をぬぐうようにおしぼりで顔を拭いた。そしてグラスを持つと、「ん？」と首をひねる。

「……なんだこれは？」

コースターに書いてあった文字は、昨日と同じ【つうきみそーちー】。

沖縄の言葉だと教えたくてうずうずしたけれど、「……なにかしらね？」と知らないふりをしておいた。

そのあとも夫は、慣れない様子であっちこっちに目をやっていたけれど、向かいに座った私の背後に目を向け、じっと凝視している。

「どうしたの？」

「今、向こうの木にリスが見えたんだが」

「ああ、タイワンリス。このへんにもいるのね。コテツがいるから、近寄ってはこないでしょうけど」

「シマリスに見えたんだがな……」

夫は釈然としない様子でつぶやく。いくら鎌倉でも、野生のシマリスはいないと思う。

しばらく、無言の時間が続いた。景色を眺めたり、コテツをなでたりしていたけれど、それにも飽きてしまう。

「ふたりで喫茶店に来たのって、いつぶりかしら？」

どうせなら待っている時間も楽しみたくて、夫に話題を振ってみる。「いつだったかな」と返されると思っていたので、夫の返事は予想外だった。

「お前が長男を妊娠しているときだな。産婦人科の近くの喫茶店で」

「えっ」

「なんで驚くんだ？」

「いえ、あなたが覚えているなんて、意外で」

私だって、今言われるまで忘れていた。もう四十年くらい前のことだ。

「そりゃ、覚えてるさ。人生で一番、うれしかった日なんだから」

私はその数日前に、夫に「妊娠したかもしれない」と告げた。ドラッグストアに妊娠検査薬なんて売っていなかった時代だから、生理が二週間くらい遅れて、つわりが出てきて、やっと気づいたのだ。

夫はすぐさま仕事の休みをとり、産婦人科に付き添ってくれた。今より男女の役割分担意識が強かった昭和の終わり、待合室にいる男性は夫ひとりだった。

「ご懐妊です」と医師に告げられ、私たちは帰りに病院の近くの喫茶店に寄った。なにかお祝いをしよう、という夫の提案だった。

妊婦にカフェインはダメという情報はその時代にもあったので、私はバナナミルクとミルフィーユ、夫はブレンドコーヒーとモンブランを注文した。食べながら話すのは、お腹の中の子どものこと。

「性別はどっちかしら」

「どっちでもうれしいさ」

「私とあなた、どっちに似ているかしら」

「女だったら、お前に似たほうがいいんじゃないか？　俺に似てもうれしくないだろう」

「そんなことないわ。女の子は父親に似るって、よく言うじゃない」

他愛ない会話を交わし、お祝いのケーキも食べ終わったころ、夫は破顔し、ゆったりとつぶやいた。

「ああ、楽しみだ」

それはそれは、本当に幸せそうな様子だったので、私も赤ちゃんが愛しく思えて、まだふくらんでいないお腹をなでた。夫を悲しませたくないから、『どうか無事に生まれてきてね』と心の中で赤ちゃんに話しかけた。

――そんな喫茶店での思い出も、私たちにはあったのだ。

「な、なんで泣いているんだ」

「え？」

回想の中の夫ではなく、今目の前にいる夫が慌てた声を出すので、私は自分の頬に手を当てる。生ぬるい水分の感触がして、自分でも驚く。

「あ、あら。目にゴミが入ったのかしら」

おしぼりで、目元をごしごしこする。悲しい気持ちなんてこれっぽっちもないので、本当に、目になにか入ったのだと思う。もしくは逆さまつげとか。

夫は真剣な顔でずっと、私を見ている。

「はい、取れた！　もう大丈夫よ。嫌ねえ、泣いてるだなんて」

おしぼりにはなにもついていなかったけれど、私はわざとらしく明るく振る舞う。

夫はまだなにか言おうとしていたけれど、あさひさんがお盆を持ってテラスに来たので、口をつぐんだ。

「お待たせしました。朝食御膳《ごぜん》です。冷たい緑茶と一緒にどうぞ」

私たちの前には、小鉢がたくさん載ったお盆が置かれる。コテツには、ジャーキーの盛り合わせだ。

「……あら？」

しかし、この間とは違う。前回はなじみのあるおかずばかりだったけれど、今回は見慣れないものが多い。あれっと思ってあさひさんに目をやると、予想していたように微笑む。

「こちら、旅館によくある朝食御膳の、日本一周バージョンとなっております」

「日本一周？」

「はい。郷土料理や、地方の特産品を取り入れたお料理で揃えました。お料理の説明はいかがですか？」

夫がうなずいたので、「ええ、お願いします」と返事する。

「では順番に。ゆっくりご説明するので、よかったらつまみながら聞いてくださいね」

あさひさんは軽く咳払《せきばら》いすると、かしこまった声を出す。

「まずご飯は、茨城県産のコシヒカリで、北条米《ほうじょうまい》と呼ばれているブランド米です。汁物は、四万十《しまんと》海苔《のり》のお味噌汁《みそしる》です。高知県の、四万十川でとれる天然青海苔を使用しています」

つまみながらと言われたので、説明を聞きながらご飯とお味噌汁に口をつける。

米は甘みが強くツヤツヤしていて、おかずがなくてもどんどん食べられそうなおいしさだ。お味噌汁は、『海苔だけなんて、シンプルね』と思ったのを謝りたくなるくらい、満足できるおいしさだった。

「あっさりしているのに、ちゃんと海苔の味がするわ！」

「香りがさわやかだな」

主人の頬もゆるんでいて満足そうだ。

「こちらの、ニンジンの千切りと炒《い》り卵《たまご》を甘辛く炒《いた》めたものが、にんじんしりしり。沖縄の郷土料理です」

続いて、副菜の説明だ。

「あら、キャロットラペかと思ったら、和風の味付けでおいしいわ」

「うまいな。白米によく合う」

味が濃いので、お弁当に入れてもよさそうだ。子どもたちが高校生のときに、このレシピを知りたかった。

「炒り卵でなく、ツナで作ってもおいしいですよ」

「へえ……。今度調べて、作ってみましょ」

もうひとつの副菜は、熊本の辛子蓮根《れんこん》。これは昔、お土産にもらって食べたことがある。蓮根の穴にカラシが詰められ、黄色の衣もたっぷりついている。見た目も鮮やかでかわいらしい。

さぞかし辛いのだろうと、鼻がつーんとする覚悟をして食べたのだが、口の中に広がるのはほどよい辛みだけ。

「あら。そんなに辛くないわ」

「衣の黄色は、ターメリックでつけているんです。手作りすると、カラシの量を調整できるのでおすすめですよ」

漬物は、長野県の料理である、きゅうりのカリカリ漬けだ。きゅうりとシソの身を、しょうゆと砂糖、酢で味付けしているので、甘辛味にほんのり酸味がきいてさっぱりしている。

そして、最後はメインだ。

「こちらのお皿が、鮭のちゃんちゃん焼き。北海道の郷土料理です。鮭や野菜をホットプレートで蒸し焼きにしています」

「聞いたことはあるけれど食べるのは初めてだわ」

「味噌味がこってりしていていいな」

ひととおり説明したあと、あさひさんは「それではごゆっくり」と一礼して去っていく。

「生海苔のお味噌汁は家でも作ったことがあったけれど、ネギとか豆腐とか、よけいなものを入れちゃってたわ。海苔だけでこんなにおいしいのね」

「たしかに、ほかの具は雑味になってしまうかもしれないな」

「ね。今度は海苔だけで作ってみましょ」

おいしいものの話題なら、夫とも会話が続く。

ひとつひとつのおかずをゆっくり食べていると、まるで本当に日本一周しているみたいで、外に出たかった不満が満たされていく。もしかして、この前あさひさんに新婚旅行の話をしたから、こんな朝ごはんを出してくれたのだろうか。

食べ終わり、冷たい緑茶を飲む。主人も同じタイミングで食べ終わったので、「おいしかったわね」「そうだな」と感想を交わし合う。

「なんだか、旅行に行きたくなってきたわ。沖縄も、北海道も……。現地にはおいしいものがいっぱいあるんでしょうね」

気がゆるんで、ぽろっと本音を漏らしてしまってからハッとする。どうせこんなことを言っても、嫌な顔をされるに決まっているのに……。

って立ち上がりかけてしまった。

「えっ⁉」

主人があっさり了承したので、私は椅子からお尻《しり》を浮かせて立ち上がりかけてしま
った。

「なんでそんなに驚くんだ」

「だ、だってあなた、旅行とか外出とか、嫌いじゃない」

「今までは、そうだったんだが……」

「今までは、って？」

夫は、退職して家にいるようになったら、ずっと家に閉じこもっているのがこんなに窮屈だったのか、とやっと気づいたと話してくれた。

「仕事をしているときは、仕事で外に出て人に会っているから、休日くらいは家にいたかったんだな……。ずっと家にいて人と会わないと、自分が何者なのかわからなくなってくる気がする。今までお前にはこんな気持ちを味わわせていたのかと愕然《がくぜん》としたよ。本当に、すまなかった」

夫の謝罪は、今出たものではなく、長く心に留めていたという実感がこもっている。

この人は四ヵ月で、本当に改心してくれたのだと認めざるを得ない。

「で、でも、私が出かけると不機嫌になるのは、なんだったの？　私が出かけるのも

嫌なくらい、家にいるのが好きなのだと思っていたわ」

「それは、ひとりになるとよけいに寂しいからだ。というか、そんなに不機嫌な顔、していたのか？　自分では気づかなかった」

「じゃあ……私がお出かけに誘ったら、ついてきてくれたってこと？」

「ああ」

そういえば今日だって、やけにあっさりOKしてくれたなと思ったのだ。私は、『どうせ夫には断られるから』と決めつけて、最初から話すことをやめていた。散歩だって、囲碁だって、夫を誘ったのはずいぶん前だった。

「そんなに旅行に行きたかったのか。言われないから、気づかなかった」

「旅行だけじゃ、ないわ。カフェだって映画だってお芝居だって、あなたが一緒に行ってくれるなら、全部行きたいわ。ひとりで行くのが嫌だから、今まで我慢していたん……」

そこまで口に出して、私は自分の知らなかった気持ちに気づいた。私は、贅沢《ぜいたく》をするのが嫌で、お金を使いたくなくて出かけなかったんじゃない。ひとりで出かけるのが、寂しかったんだ。カフェでおいしいものを食べるのも、映画やお芝居で感動するのも、全部ふたりでやりたかったんだ。

「私……心がポンコツになっていたんだわ」

ずっと一緒にいるから、話さなくても相手のことなんてわかる、とたかをくっていた。相手の本当の気持ちなんて、何年一緒にいたって話さなきゃわかるはずないのに。そんなだから、自分の本当の気持ちさえ見失っていた。

「やっぱり、俺のせいか。俺が口下手で、察することのできない男だから……」

「いいえ、違うわ。あなたがそうだって知っていたのに、努力を怠っていたのは私のほう……」

現状に不満を感じていたのに、動きだすことすらしなかった。衝突しながら会話して疲れるより、諦《あきら》めて現状維持しているほうが楽だと思っていたから。

「そんなの、ダメよね。夫婦だって、家族なんだもの。これから二十年近くも、毎日一緒に過ごすんだもの」

「二十年か……。老後は意外と長いんだな。仕事を退職したら、俺の人生はほぼ終わりだと思っていたんだが、今はそうじゃないんだな」

夫の目が、少し輝いた気がした。これからを楽しみに感じているのは私だけじゃないんだとわかって、なんだかうれしい。

「これからはちゃんと、口に出すわ。やりたいことも、行きたいところも。あなたはないの？　行きたいところ」

たずねると、夫はしばらく下を向いて考えてから、顔を上げた。

「そうだな、俺は――」


それから、一ヵ月後。

「それでそのとき、おじいちゃんが『熱海にもう一度行きたい』って言ったの？」

遊びに来ている遙が、熱海土産のチーズケーキにフォークを刺しつつ、たずねる。

お土産には、ほかにも熱海プリンやスクエアシュークリームも買ってきた。甘いもの好きな遙からのリクエストだ。

「そうよ」

「おじいちゃんって、けっこうロマンチストだったんだね」

「ほんとにね。私も意外だったわ」

熱海旅行では、新婚旅行と同じ旅館に泊まり、以前訪れた観光名所を再びめぐった。同じ場所で写真を撮って見比べてみると、景色は同じなのに私たちだけ歳をとっているのが不思議な感覚だった。でも、想像していたよりもずっと、楽しかったのだ。もしかしたら、新婚旅行よりも楽しかったかもしれない。初々しさはなくなったけれど、気安くなった相手との旅行のほうがより楽しめる、ということなのかもしれない。

「それで今日は、おじいちゃんは将棋でいないの？」

「そう。地域のサークルに参加してみるんですって。コテツの散歩も毎日、一緒に行ってくれているの」

「よかったね。これで私も、安心できる～」

改めて囲碁や将棋のサークルを勧めてみると、夫は「そうだな、行ってみるか」と意外とノリノリで出かけていった。

結婚したときは、老後にこんなに、夫婦ふたりの自由な時間が持てるなんて思っていなかった。本当に、『第二の人生』という気持ちだ。

これから、ふたりで行きたいところならいくらでもある。歳をとったからこそ楽しめるものも、いくらでもある。京都や金沢《かなざわ》、浅草《あさくさ》はどうだろう。神社仏閣も、しぶい和食のお店も、わびさびのある旅館も、若いときより楽しめる。暑さ寒さは身体にこたえるから、夏は北海道、冬は沖縄に行くのもいい。歌舞伎や寄席《よせ》はどうだろう。桐簞笥《だんす》で眠っている着物を出してみようか。

そうだ、鎌倉の名所もふたりで回ってみよう。梅雨には紫陽花《あじさい》を見に明月院《めいげついん》、秋には紅葉を見に円覚寺《えんがくじ》に行こう。地元にいても、観光名所にはなにか特別な理由がないと行かない。せっかく鎌倉に住んでいるのにそれはもったいないから、ふだんのお散歩感覚でふらっと行くのがよい。

とても長い、とは言えないけれど、短くはない老後の時間。私たちは結婚したとき以上に、会話して、同じ場所で同じ時間を重ねて、生きていくのだろう。

「遙。お父さんに伝えておいてほしいことがあるんだけど」

「なあに？」

「もし明日《あした》世界が終わるとしたら、なにも後悔なんてしない。私は、子どもと孫と……夫に恵まれたことを感謝するって」

「お、おばあちゃん、かっこいい～！　私もそんなセリフ、言ってみたい～！」

遙が、両手を胸の前でぎゅっと合わせ、目をキラキラさせて私を見ている。

人生であと何回、朝ごはんを食べられるのだろう。カフェどんぐりでの朝ごはんや、旅行先での朝ごはんは特別だけど、毎日の朝ごはんも大切にしていきたい。

カフェどんぐりに行ったあの日、お互いの気持ちを確認し合ったあと、手が痛むというのは嘘で、カフェにも昨日来たのだと打ち明けた。夫は怒るどころか「嘘でよかった」と私の心配をしてくれた。そして、「なんとなく態度が変だと思っていた」と私の下手な演技を笑っていた。

「そうだ、遙。今度は夕方じゃなくて、朝に遊びにきてくれないかしら」

「いいけど、どうして？」

「おじいちゃんが、三人でモーニングを食べたいんですって。さっき話した、朝食御《ご》膳《ぜん》を食べたお店。カフェどんぐりっていうんだけど……」

「えっ、ちょっと待って。そこ、私の推しカフェ！」

「推し……？」

「前に言ってたカフェ活の、お気に入りカフェってこと！」

「ええ？　そうだったの？」

そして私の人生最後に思うことが、ささやかな毎日に対しての感謝だといい——そんなふうにふたりで生きていきたいと、孫と犬を眺めながら、思うのだった。

どんぐりの業務日誌

ぼくの名前はどんぐり。鎌倉にある、カフェどんぐりの看板リスだ。野生のタイワンリスじゃないよ。ちゃんとペットとして飼われているシマリスなんだ。

ぼくの名前の由来はどんぐりが好物だからで、カフェの名前の由来はぼくの名前と、ツリーハウスの木がどんぐりだから。

飼い主は、あさひ。背が高くて穏やかなニンゲンの若者で、カフェの店主をしている。

今日もあさひは、カフェがオープンする前に起きて、自分のための朝食を作っている。秋だから、まだ外は薄暗い。

ぼくは、だれもいないカフェのカウンターの上を散歩しながら、厨房《ちゅうぼう》から流れてくる匂いをかぐ。うーんこれは、パンを焼いている匂いだな。

しばらくすると、あさひが完成した朝ごはんを持ってカウンターにくる。

今日のメニューは、ホットサンドだ。ピザトーストをサンドして包み焼きピッツァみたいにしたやつと、ベーコンとレタスとトマトの入ったBLTスープ、メープルシロップで味付けした焼きりんご。りんごはそのままだとたくさんは食べられないけれど、焼きりんごにすると何個でも食べられるから不思議だなあと、以前あさひが言っていた。

「今日は、秋の日のダイナーをイメージして作ってみたよ」

あさひが、ぼくに話しかける。こういうふうに、テーマを決めて朝ごはんを作るのが、あさひは好きみたいだ。

ほかにも、鮭のおにぎりと焼きウインナー、卵焼きで『遠足の日の朝ごはん』とか、ハニーマスタードチキンを挟んだサンドイッチとキノコのソテーで『森の猟師の朝ごはん』とか。

あさひは、ぼくの前におやつのどんぐりを置いてから、食べ始めた。

「やっぱり、朝ごはんは特別だ。幸せな一日は、幸せな朝ごはんから」

いつも言っている、あさひのセリフ。朝ごはんは、ほかの時間帯に食べるごはんとは意味が違うらしい。

お昼や夜にカフェに来る人は、一仕事終えたあとにホッとするために来るのだけど、朝の場合は、これから学校や仕事に行く人が来る。学校に行きたくなくても、仕事が苦痛でも、朝ごはんをおいしく食べられれば『よし行ってみるか』という気力が持てる。そんな役割があるのは朝ごはんだけだ。だからあさひは朝ごはんカフェをやっているらしい。これから一日を過ごす人にエールを送るため。

「ごちそうさま」

今日もあさひは、自分で作ったごはんをおいしそうに全部食べた。そのあとはゆっくりお茶を飲んでから、朝市に行く準備だ。バイクに乗るから、丈夫な革のジャケットを着てヘルメットをかぶる。革は風を通さないからあったかいらしい。

朝市に行く準備ができると、ぼくはあさひのジャケットの胸ポケットに入る。あさひは朝市までバイクを飛ばす。バイクのぶうううん……という震動がポケットの中にまで伝わって、少し楽しい。でも、ちょっとでも顔を出すと吹き飛ばされそうになるから、要注意だ。

着いたのは、鎌倉市農協連即売所――通称『レンバイ』だ。近くの農家の人たちが、直接新鮮な鎌倉野菜を販売している市場だ。ぼくは中に入れないから、バイクの上で待っている。

しばらくすると、あさひがほくほくした顔で、両手に野菜の入った袋を提げて戻ってきた。

「今日は根菜が豊富だったな。朝カレーって流行《はや》っているし、素揚げにした根菜を、さらっとした野菜カレーにトッピングしてもいいかも」

なにやら、ひとりごとをつぶやいている。こういうときのあさひは『考える人』モードになっているから、ぼくはジャマしないようにおとなしく待つ。

朝市から帰ったあとは、カフェの看板をOPENにして、いよいよ開店だ。……といっても今日はすぐにはお客さんが来なかったから、脇道と大通りの境目のところを掃き掃除する。看板だけじゃ朝営業してるってわかってもらえないことがあるから、こうしていると宣伝にもなってよいらしい。ぼくもこっそりポケットの中に入っていると、最近よく土日にお父さんとカフェにくる、小学生の声がした。

「あさひさん、おはよう！」

「ゆうたくん。おはよう」

「今日はお父さんと、りんごのシナモントーストを作ってみたよ！　りんごの薄切り、ぼくのほうが上手にできたんだ」

この子は夏前からずっと包丁の練習をしていて、今はもう、りんごの皮むきだってお手のものらしい。もっとたくさんの料理が作れる、と日々研究に励んでいるそうだ。

「それはすごいね！　おいしかった？」

「うん！　アップルパイみたいな味がした」

「りんごとバターとシナモンだからね」

小学生とあさひは、それからしばらく朝ごはんの話で盛り上がっていた。

「ねえ、あのツリーハウスって、登っていいの？」

思い出したように、小学生がたずねる。お父さんとカフェに来たとき、「登りたい！」とせがんで、お父さんに止められていた。

「うーん。一応はしごはついているけれど、危ないから外から登るのは禁止にしているんだ」

あさひは、断る。もしお客さんが落ちちゃったら大変だから、そういうことになっている。

「ええ～っ。ツリーハウスに入るの、夢だったのに……」

小学生はあからさまにしょぼんとした声を出す。

「どうしても、ダメなの？　大人が見ていても？」

「うーん」

あさひの、苦悩する顔が見えるようだ。

「ねえ、お願い！　友達でしょ！」

このダメ押しが効いたようだ。あさひはとうとう、小さな友達にほだされる。

「じゃあゆうたくんには特別に、今度とっておきのルートを教えてあげる」

「ほんと!?　約束だからね！　じゃあ、いってきま～す！」

「いってらっしゃい」

小学生はコロッと上機嫌になって、走っていった。

本当に、あさひは甘いなあ。ぼくの言葉がわかるわけないのに、

「やっぱり僕って甘いかな？　どんぐり」

って、ポケットの上からぼくのことをちょんちょん、とつついた。


そのあとカフェに戻ると、すぐに人がやってきた。本日最初のお客さんは、大学生の二人組だ。ぼくはケージの中から、カウンター席にいるふたりを眺める。

「ねー、あさひさん。この子最近ダイエットしてて、朝ごはん食べてないんだって。最近顔色悪いから、むりやり連れてきちゃった」

よくうちに来てくれるお得意様の女の子が、友達を連れてきたらしい。友達は、しゅんとした顔でうつむいている。

太っているようには見えないけれど、ニンゲンの感覚はよくわからない。リスは冬になると脂肪をたくわえて丸くなるんだけど、ニンゲンも季節で体型が変わればいいのにね。夏はやせて、冬は太るみたいに。そうすればだれもダイエットなんてしないでしょ？

「それは……よくないですね」

あさひも、友達を見て心配そうな顔になった。友達はますます肩を丸めて小さくなる。

「すみません……朝ごはんを抜いてるのに、お店に来てしまって」

「いえ、そんなことないですよ。ダイエットするのが悪いのではなくて、抜いた結果体調が悪くなっているのが問題なんです。それなら、果物だけでも食べてみませんか？」

あさひはそう勧めるが、友達は首をかしげた。

「果物……？　すみません、甘いものは太るので食べないようにしていて」

「カロリーが高そうなイメージがありますもんね。でも違うんです。果物は、酵素が含まれていて消化が早いので、ダイエットに適しているんですよ。昔流行った朝バナナダイエットも、この理論なんです」

「えっ……。私、果物大好きなのに、我慢していました！」

「私もです！　食べてもいいんですか？」

身を乗り出す女の子たち。

「はい。でも、ほかのものと一緒に食べてはダメです。消化が遅い食材と一緒に胃に入ると、メリットがなくなってしまいますから。はちみつ、メープルシロップ、ヨーグルト、緑茶はＯＫです」

「へぇ～。メモしておこう！」

「では、今日はおふたりには、フルーツサラダと温かい緑茶をお出ししますね」

「やった、楽しみ！」

あさひが厨房《ちゅうぼう》に行ったあとも、ふたりはきゃっきゃと楽しそうに会話をしている。

「ねえ、今日の学校の帰りにさ、スーパーに寄ろうよ。それで一緒に、フルーツ選ばない？」

「いいね！　あさひさんにあとで、フルーツのおいしいスーパー、教えてもらお！」

「うんうん！」

顔色が悪かったほうの女の子も、すっかり元気になっている。あさひのアドバイスのおかげもあるけれど、おいしいものを食べるのって、心の栄養にもなるよねってぼくは思った。


女子大生が帰ったあとは、ガーデンテラスに年配の夫婦が犬を連れてやってきた。ぼくは犬に吠《ほ》えられるので、木の上からこっそり見ている。

「あさひさん。先日、沖縄に行ってきたのでお土産です」

「わあ、ありがとうございます。前から行きたいっておっしゃってましたもんね」

「ええ。私はどうせなら、来年の夏まで待って海水浴がしたかったんですが、夫が夏だと台風の心配があるからって」

「旅行会社の人も、十一月がおすすめって言ってたじゃないか。秋の沖縄もよかっただろ」

「ええまあ、すごく楽しかったですよ。でも次は絶対、ビーチ付きのホテルに泊まるって決めているんです。ほら、鎌倉は地元だから、水着になるのってなんとなく恥ずかしいじゃないですか。この歳ですし……。でも沖縄なら、だれも知り合いがいないし、思い切れるなって」

「地元だって、だれも見てやしないって、言ってるんだがなあ」

「女性にはいろいろあるんです」

ふたりは、犬も食わないような夫婦漫才――言い合いをしている。あさひは、微笑ましい顔で老夫婦を眺めながら、

「次の楽しみがあるのはいいですね」

と強引にまとめた。

「そうだな」

「そうね」

と夫婦が返し、老婦人が朝食御膳《ごぜん》～日本一周バージョン～を注文した。

しばらく外で遊んでから店内に戻ると、もとサラリーマンの書店員と、女優の卵の

女の子が同じテーブルで会話していた。

このふたりは知り合いみたいで、たまたま会うと、こうして相席している。お互い、相手が気になっているようだし、早くくっついちゃえばいいのにって思うけれど、もう一年近くまったく進展していない。

「あの……今までたまに、この店で偶然会っていましたけど……。今度は誘い合わせてここに来ませんか？」

と思っていたら、女の子が勇気を出したみたいだ。

「えっ」

書店員は、ぽかんとした顔をしている。

「えっと、そのほうがゆっくり話せるんじゃないかって思って」

「は、はい、ぜひ！」

やっと事態を理解した書店員が、顔を赤くしながらぶんぶんと首を縦に振った。

「じゃあ、日程を決めましょう」

「そうですね！」

カフェどんぐりから恋が生まれそうで、ぼくはにやにやする。仕方ないから、これからもぼくがこのふたりを見守ってやらないとね。

そうこうしているうちに朝の営業は終わり、昼営業の準備時間だ。おまかせメニューは朝だけで、昼間はケーキと飲み物を出す、普通のカフェになる。ケーキはすべてあさひの手作りで、特にストロベリーチーズケーキが人気だ。レアチーズケーキに苺《いちご》ソースをかけた、見た目もかわいい一品。

ほかにも、ミルフィーユやフルーツタルトを作れば、準備万端。お茶はあさひの趣味で、紅茶以外にも日本茶や中国茶もとりそろえているし、コーヒー豆も近くのお店で特別にブレンドしてもらっている。観光客も立ち寄ってくれるので、朝営業よりも慌ただしいかもしれない。

客をからかったり、お昼寝したり散歩しているうちに、陽が落ちてきた。朝早くから開店しているので、夕方には閉店だ。あさひは庭の植物たちの世話をしてから、脇道の看板を下げに行く。すると、学校帰りの女子高生とばったり会った。朝ガーデンテラスに来ていた老夫婦の孫で、こちらもカフェの常連さんだ。

「あさひさん、こんにちは！　今、閉店ですか？」

「はい、そうです。おじいさまとおばあさまも、朝お見えになりましたよ」

「わっ、そうなんですね。沖縄の話、聞かされました？」

いたずらっぽくたずねるので、あさひも「はい」と答えて笑う。

「夏にまた行きたいっておっしゃってました」

「ふふふ。最近祖父母が仲良しで、満足しています。私もまた、うかがいますね。あっ私、今からアルバイトなんです。急がなきゃ」

「そうなんですね、がんばってください」

「はい、それじゃまた！」

女子高生を見送り、看板をカフェ内にしまうと、あさひは腕時計を見た。陽が少し、落ちてきている。

「よし、ちょうどいい時間かな」

あさひはまた、ぼくを連れてバイクに乗る。やってきたのは、海だ。

「よかった、間に合った」

水平線に目をやると、ちょうど夕陽が海に沈むところだった。あさひは砂浜からしばらく、それを眺める。

「マジックアワーが見られるなんて、今日はいい日だ」

マジックアワーは、日の出前や日没後の、空がうっすら明るい時間のことだ。太陽はもう沈んでいるのに明るいなんて不思議だよね。日本語だと『薄明』っていうらしい。

だんだんと暗くなっていく空と海を眺めていると、不思議な気持ちになる。時間の流れがゆっくりになって、自分と他人の境界がなくなるみたいだ。……なんて、これはあさひの受け売りだけど。リスにはそんな難しいことはわからない。

「暗くなったし、もう帰ろうか」

夜の鎌倉をバイクで走り抜け、カフェに戻る。店内の掃除や明日《あした》の仕込みを終え、夕飯とお風呂《ふろ》をすませたら、寝る前のとっておきタイムがある。

あさひは、お鍋《なべ》で丁寧にココアを作る。まずは少量のお湯で純ココアを溶かして、ちょっとずつ牛乳を入れながらあっためる。お砂糖をお好みで足して、沸騰する前に火を消してマグカップに注ぐ。仕上げに炙《あぶ》ったマシュマロを浮かべたら、完成。

そしてぼくを肩に乗せ、パジャマの上にはんてんをはおった姿でマグカップを持って、カフェの二階のテラスからツリーハウスに入る。小学生に話した『とっておきのルート』とはこれだ。はしごを登らず直接入れるので、危なくない。

宙から吊《つ》ったランプに火をつけて、ココアを飲みながら、ノートに文字を書きつける。

「今度、朝ごはんにパフェを出すのもいいかもしれないな。クリームのかわりにヨーグルトを入れて、フルーツとコーンフレークをたっぷりめにしたら、お腹にもたまるし」

さっさっとイラストも描いて、材料をメモ。

「苺パフェとチョコバナナパフェのほかにも、玄米フレークと白玉団子、抹茶アイスときな粉で抹茶パフェはどうだろう」

ゆらゆら揺れる灯りの下、あさひのアイディアはどんどんわいてくる。この時間があるから、カフェどんぐりはいつだって、お客さんを驚かせる朝ごはんが出せるんだ。

ぼくは、あくびをする。もうちょっとあさひに付き合いたかったけれど、眠くなっちゃったから自分の寝床に戻ろう。お昼寝はどこでもするけれど、夜寝るときはケージの中でと決めている。

おやすみ、あさひ。

あさひの肩の上でキュキュッと挨拶《あいさつ》すると、あさひが「おやすみ、どんぐり」とぼくをなでる。そのあと、ツリーハウスから出て、どんぐりの木の上から夜空を眺めた。

一日の終わりにお月様とする、お決まりの挨拶がある。

ぼくはお月様を見上げて、目を閉じ、心の中で話しかけた。

おやすみ、お月様。明日もみんながおいしい朝ごはんを食べられますように。

主な参考文献

『皮膚科医が肌荒れしたら食べる　おくすり朝ごはん』著：小林智子／株式会社ワニブックス
『世界の朝ごはん　66カ国の伝統メニュー』監修：WORLD BREAKFAST ALLDAY
編著：パイインターナショナル／株式会社パイインターナショナル
『一日がしあわせになる朝ごはん』料理：小田真規子　文：大野正人／株式会社文響社
『ご当地食堂、はじめました』著：飛田和緒／株式会社ＫＡＤＯＫＡＷＡ

本書は書き下ろしです。
目次・扉デザイン／青柳奈美
目次イラスト／ヤマナカ　ハルナ

カフェどんぐりで幸《しあわ》せ朝《あさ》ごはん

栗栖《くりす》ひよ子《こ》

令和6年 9月25日 初版発行

発行者●山下直久

発行●株式会社KADOKAWA
〒102-8177 東京都千代田区富士見2-13-3
電話 0570-002-301（ナビダイヤル）

角川文庫 24318

印刷所●株式会社暁印刷
製本所●本間製本株式会社

表紙画●和田三造

●お問い合わせ
https://www.kadokawa.co.jp/（「お問い合わせ」へお進みください）
※内容によっては、お答えできない場合があります。
※サポートは日本国内のみとさせていただきます。
※Japanese text only

ISBN 978-4-04-113561-7 C0193

◇◇◇

角川文庫発刊に際して

角川源義

第二次世界大戦の敗北は、軍事力の敗北であった以上に、私たちの若い文化力の敗退であった。私たちの文化が戦争に対して如何に無力であり、単なるあだ花に過ぎなかったかを、私たちは身を以て体験し痛感した。西洋近代文化の摂取にとって、明治以後八十年の歳月は決して短かすぎたとは言えない。にもかかわらず、近代文化の伝統を確立し、自由な批判と柔軟な良識に富む文化層として自らを形成することに私たちは失敗して来た。そしてこれは、各層への文化の普及滲透を任務とする出版人の責任でもあった。

一九四五年以来、私たちは再び振出しに戻り、第一歩から踏み出すことを余儀なくされた。これは大きな不幸ではあるが、反面、これまでの混沌・未熟・歪曲の中にあった我が国の文化に秩序と確たる基礎を齎らすためには絶好の機会でもある。角川書店は、このような祖国の文化的危機にあたり、微力をも顧みず再建の礎石たるべき抱負と決意とをもって出発したが、ここに創立以来の念願を果すべく角川文庫を発刊する。これまで刊行されたあらゆる全集叢書文庫類の長所と短所とを検討し、古今東西の不朽の典籍を、良心的編集のもとに、廉価に、そして書架にふさわしい美本として、多くのひとびとに提供しようとする。しかし私たちは徒らに百科全書的な知識のジレッタントを作ることを目的とせず、あくまで祖国の文化に秩序と再建への道を示し、この文庫を角川書店の栄ある事業として、今後永久に継続発展せしめ、学芸と教養との殿堂として大成せんことを期したい。多くの読書子の愛情ある忠言と支持とによって、この希望と抱負とを完遂せしめられんことを願う。

一九四九年五月三日

角川文庫ベストセラー

泣かない子供　江國香織

子供から少女へ、少女から女へ……時を飛び越えて浮かんでは留まる遠近の記憶、あやふやに揺れる季節の中でも変わらぬ周囲へのまなざし。こだわりの時間を柔らかに、せつなく描いたエッセイ集。

泣く大人　江國香織

夫、愛犬、男友達、旅、本にまつわる思い……刻一刻と姿を変える、さざなみのような日々の生活の積み重ねを、簡潔な洗練を重ねた文章で綴る。大人がほっとできるような、上質のエッセイ集。

去年《こぞ》の雪　江國香織

不思議な声を聞く双子の姉妹、自分の死に気付いた男、緋色の羽のカラスと出会う平安時代の少女……百人百様の人生が、時間も場所も生死も超えて繋がっていく。この世界の儚さと愛おしさが詰まった物語。

チョコレートコスモス　恩田陸

無名劇団に現れた一人の少女。天性の勘で役を演じる飛鳥の才能は周囲を圧倒する。いっぽう若き女優響子は、とある舞台への出演を切望していた。開催された奇妙なオーディション、二つの才能がぶつかりあう！

雪月花黙示録　恩田陸

私たちの住む悠久のミヤコを何者かが狙っている……！　謎×学園×ハイパーアクション。恩田陸の魅力全開、ゴシック・ジャパンで展開する『夢違』『夜のピクニック』以上の玉手箱!!

角川文庫ベストセラー

私の家では何も起こらない　恩田　陸

小さな丘の上に建つ二階建ての古い家。家に刻印された人々の記憶が奏でる不穏な物語の数々。キッチンで殺し合った姉妹、少女の傍らで自殺した殺人鬼の美少年……そして驚愕のラスト！

あしたはうんと遠くへいこう　角田光代

泉は、田舎の温泉町で生まれ育った女の子。東京の大学に出てきて、卒業して、働いて。今度こそ幸せになりたいと願い、さまざまな恋愛を繰り返しながら、少しずつ少しずつ明日を目指して歩いていく……。

恋をしよう。夢をみよう。旅にでよう。　角田光代

「褒め男」にくらっときたことありますか？　褒め方に下心がなく、しかし自分は特別だと錯覚させる。ついに遭遇した褒め男の言葉に私は……ゆるゆると語り合っているうちに元気になれる、傑作エッセイ集。

今日も一日きみを見てた　角田光代

最初は戸惑いながら、愛猫トトの行動のいちいちに目をみはり、感動し、次第にトトのいない生活なんて考えられなくなっていく著者。愛猫家必読の極上エッセイ。猫短篇小説とフルカラーの写真も多数収録！

猫目荘《ねこのめそう》のまかないごはん　伽古屋圭市

まかない付きが魅力の古びた下宿屋「猫目荘」。再就職も婚活もうまくいかず焦る伊緒は、様々な住人たちと出会い、旬の食材を使ったごはんを食べるうち、〝居場所〟を見つけていく。おいしくて心温まる物語。

角川文庫ベストセラー

本日は大安なり　辻村深月

企みを胸に秘めた美人双子姉妹、プランナーを困らせるクレーマー新婦、新婦に重大な事実を告げられないまま、結婚式当日を迎えた新郎……。人気結婚式場の一日を舞台に人生の悲喜こもごもをすくい取る。

きのうの影踏み　辻村深月

どうか、女の子の霊が現れますように。おばさんとその子が、会えますように。交通事故で亡くした娘を待ちわびる母の願いは祈りになった――。辻村深月が〝怖くて好きなものを全部入れて書いた〟という本格恐怖譚。

キッチン常夜灯　長月天音

街の路地裏で夜から朝にかけてオープンする〝キッチン常夜灯〟。寡黙なシェフが作る一皿は、一日の疲れた心をほぐして、明日への元気をくれる――がんばりすぎのあなたに贈る、共感と美味しさ溢れる物語。

この本を盗む者は　深緑野分

本の町・読長町の書庫から蔵書が盗まれた。発動した呪いにより物語に侵食されていく町を救うため、本嫌いの少女・深冬は様々な世界を冒険していく。初めて物語に没頭したときの喜びが甦る、本をめぐる物語。

嵐の湯へようこそ！　松尾由美

存在すら知らなかった伯父の「遺産」を相続し、銭湯を経営するはめになった姉妹。一癖ある従業員たちに慣れる間もなく、なぜか2人のもとに、町内を悩ます「謎」が次々と持ち込まれる。温かい日常ミステリ。

角川文庫ベストセラー

明日の食卓
椰月美智子

小学3年生の息子を育てる、環境も年齢も違う3人の母親たち。些細なことがきっかけで、幸せだった生活が少しずつ崩れていく。無意識に子どもに向けてしまう苛立ちと暴力。普通の家庭の光と闇を描く、衝撃の物語。

さしすせその女たち
椰月美智子

39歳の多香実は、年子の子どもを抱えるワーママ。マーケティング会社での仕事と子育ての両立に悩みながらも毎日を懸命にこなしていた。しかしある出来事をきっかけに、夫への思わぬ感情が生じ始める――。

つながりの蔵
椰月美智子

小学5年生だったあの夏、幽霊屋敷と噂される同級生の屋敷には、北側に隠居部屋や祠、そして東側には古い〝蔵〟があった。初恋に友情にファッションに忙しい少女たちは、それぞれに「悲しさ」を秘めていて――。

おいしい旅　初めて編
近藤史恵、坂木　司、篠田真由美、図子　慧、永嶋恵美、松尾由美、松村比呂美　編／アミの会

訪れたことのない場所、見たことのない景色、その土地ならではの絶品グルメ。様々な「初めて」の旅を描いた7作品を収録。読めば思わず出かけたくなる、実力派作家7名による文庫オリジナルアンソロジー。

おいしい旅　しあわせ編
大崎　梢、近藤史恵、篠田真由美、柴田よしき、新津きよみ、松村比呂美、三上　延　編／アミの会

まだ知らない、心ときめく景色や極上グルメとの出会い。旅先での様々な「しあわせ」がたっぷり詰まった書き下ろし7作品を収録。読めば幸福感に満たされる、豪華執筆陣によるオリジナルアンソロジー第3弾！